透明な夜に駆ける君と、目に見えない恋をした。
志馬なにがし
ill. raemz

Contents

冬月《ふゆつき》小春《こはる》
空野《そらの》かける
早瀬《はやせ》優子《ゆうこ》
鳴海《なるみ》潮《うしお》

透明な夜に駆ける君と、目に見えない恋をした。

志馬なにがし

GA文庫

カバー・口絵　本文イラスト
raemz

Ik wil nog voortleven, ook na mijn dood!

わたしの望みは、死んでからもなお生きつづけること！

――一九四四年四月五日　アンネ・フランク

1. 出会い

◎

後ろ手に組んだ医者がベッドの横に立っている。

窓辺には花が飾られていた。太い茎がすっと伸び、茎の先でいくつも白い花が咲いている。まるで夜空に咲く花火のようだと思った。白いカーテンが揺れるたび、甘い香りがした。

また、医者が口を開いた。

覚悟はしていたつもりだった。

それでも、嗚咽《おえつ》まじりの声しか出せなかった。

「もう、いいです。もう、やめにしましょう」

＊

うとうとしていたときだった。鳴海《なるみ》の大きな声がして、目が覚めた。

関西仕込みの一発芸でも披露したのだろうか。目を開けるとみんな手を叩《たた》いて笑っていた。

となりにはドヤ顔の大男が立ち上がっている。鳴海だ。

鳴海の一発芸を見逃しても、まったくもって残念に思う気持ちはない。

むしろ起こされたことに、なんとなく腹が立って、座りかけの鳴海を肘《ひじ》で小突いてやった。

「おう、空野《そらの》、起きたか」

上機嫌な顔をして背中を叩いてくる鳴海。

「へんな夢見た」

「どんな?」

「辛気くさい感じだったな」

「なんなんそれ」

複数サークル合同の新入生歓迎コンパだった。

鳴海に強制参加させられた僕は、鳴海と座敷会場全体が見渡せる一番奥の席にいた。

気乗りしない宴会への参加＋単純な寝不足により、僕のテンションは駄々下がりだった。

「シャキッとしいや。来たんなら楽しまんと損やで」

「来たって、連れてきたのは鳴海じゃんか」

大学の学生寮のルームメイトである鳴海が、昨夜、「部屋の模様替えせえへん?」と言い出したため、朝方まで模様替えをする羽目になってしまった。

結局、今日は一日中眠かった。講義が終わってやっと寝られると思ったら、鳴海に強制連行され新入生歓迎コンパに参加することになってしまった。

となりの鳴海は元気溌剌《はつらつ》な顔をして部屋全体を眺めている。

どんなスタミナしているんだ……。

そんなことを思いながらウーロン茶のグラスに口を付け、ふと会場を見た。

すると、目の前には非現実的な光景が広がっていた。

そもそも、この大・大・合同新人勧誘コンパなる大仰な名の宴会は、物静かな雰囲気で始まった。各サークル代表が挨拶《あいさつ》を行い、まるでシャンパンを掲げるかのような厳かな乾杯をした。

それが今やなぜだろう。

新入生在学生、計四十人が集まった大部屋は混沌《こんとん》としている。

自席に留《とど》まるものはいない。みながグラス片手にさまようゾンビのようである。

テーブルのもつ鍋には〆のちゃんぽんが投入されているが、だれも箸をつけようとしていない。ぐつぐつと煮えるばかりで倍近くにのびている。

とにかく声を張り上げ、女子と楽しそうに話すチャラけた男たちがいる。部屋の隅には背中を丸めるオタクっぽい人たちもいる。なにがそんなに面白《おもしろ》いのか、壊れたおもちゃのように手を叩く化粧っけの強い女もいる。

ふすまで仕切られた居酒屋の部屋は人の熱気でむわっとしていた。熱気に加え、息苦しさを感じるほど二酸化炭素濃度が上がっている気がする。それほどみなが声を張り上げていた。

Tシャツの首回りを広げ、手で風を送る。熱いし空気が悪い。不快指数がひたすらに高く、とにかく外に出たかった。

そんなことを考えていると、ふすまを隔てたとなりの客たちから野太くかつ年齢を感じる声で「ハッピバースデートゥーユー」と聞こえ始めた。それに呼応するように我々のテーブルでも手拍子しながら「ハッピバースデートゥーユー」と声を張り始める。

ふすまの向こうのどこのだれともわからない相手をみなが祝っている。

事前にとなりの部屋からお願いされたのだろうか。フラッシュモブの類いだろうかと考えたが、「ハッピバ〜スデ〜……トゥゥユ〜」とワンテンポずらしたビブラートで目立とうとする輩《やから》もいるし、負けじと「ハッピバースデェエエトゥーユー‼」と喉《のど》をつぶしそうなほど叫ぶ輩もいる。フラッシュモブだとしたら癖《くせ》が強すぎるし質もわるすぎる。つまりは自然発生したノリなのだろう。

まるで檻《おり》の中の動物がいっせいに吠《ほ》えだした動物園のようだった。

ふすまの向こうから「ありがとうございます！」と若い女性の声がして、一部の男たちは「覗《のぞ》いてみようぜ」とそわそわし始める。そんな男たちを女たちはしらーっとした目で見ていた。

うわあ……。

「なに引いてん」

引いていることが表情に出ていたらしい。鳴海がニヤニヤしていてバツがわるかった。

「そりゃ引くだろ」

「いいやん、面白いやん」

「まったく面白さは感じないけど」

「ええ〜」

茶化《ちゃか》してくる鳴海に少しムッとしてしまい、僕はふたつ離れたテーブルをちいさく指さした。

「じゃあ鳴海はあんなの見ても引かないのかよ」

そのテーブルには女子に群がる男たちがいた。

男たちの会話は、うちのサークルに入りなよ、という趣旨から、女子の恋愛事情を聞き出す目的にすり替わり、最終的には「フリーかつひとり暮らし」という垂涎情報《すいぜんじょうほう》から、下心丸出しの自己アピール大会に変わっている。「私、タバコが苦手なんです」と言われればタバコを消し、「私、腕の血管が好きなんです」と言われれば男たちはいっせいに長袖《ながそで》を捲《まく》った。

「あれを引くって。空野はだいぶピュアボーイやな」

「馬鹿《ばか》にしてる?」

いやいやと鳴海は手を振る。

「まあ、けど、空野はそうやろうな」

わかったような顔をして笑ってくる鳴海。

「なんだよ、僕はって」

「ほら、今も背中を壁につけて、ここから動かんって感じやろ？　みんなああやって、新しいコミュニティを作んのに必死やのに」

「その必死っていうのがさ」

そう言いかけたとき、唐突に奥のテーブルから拍手が聞こえた。

「ちゅうもーく！」

どこかのサークル代表だった気がするがどこかは覚えていない。音楽関連だった気もするし、スポーツ関連だった気もする。テニスサークルではなかったような気もするし、テニスサークルだったような気もする。とにかく軟派な雰囲気だけを漂わせた茶髪の男が立ち上がった。

「ここで重大発表があります！」

それはまるで苦労というものを知らないといった自信に満ちた声だった。その自信に満ち満ちている様子は正直言ってウザい。それが逆に面白いのか、くすくすと笑い声が聞こえ始めた。

男のもったいぶるような間の取り方に視線が集まっていく……と思いきや、ここにきて伸びに伸びたちゃんぽんに手をつける人間が現れた。ところどころからずずずと麺《めん》をすする音が聞こえだす。格好がついていないことは確かであるが、酒で耳が遠くなっているのか、メンタルがチタン製なのか、男は言葉を中断しない。

「新入生の早瀬優子《はやせゆうこ》さん！」

彼女も麺をすすっているひとりだった。ちゃんぽんを口に入れて、え、私？　みたいな表情をしている。立って立って、と周りにあおられて、もぐもぐしている彼女は口に片手を添えながら立ち上がった。恥ずかしいのか、もう一方の手では髪を梳《す》いている。

お、お、これは。そんな好奇の視線が集まっている。

男は髪をかき上げ、彼女に熱い視線を送る。送られた側はそんなもの見向きもせずただただ恥ずかしそうに目を泳がせている。ドラマティックに見つめ合う……という演出はいつまでたっても起こりそうにない。

男はすうっと息を吸って言った。

「俺《おれ》、ひと目惚《ぼ》れとかしたことないんだけど、正直我慢できない。俺と付き合おう」

なんだその上から目線。シラフだったらドン引きしていただろう。

しかし酔っ払いたちは、わっと拍手を送った。

イエスアイキャン、イエスアイキャン。

と、周りが音頭を取りだした。なぜか英語による返答を求めている。

なんでもいいから付き合っちゃえ！

無責任なやじが飛ぶ。

俺とも付き合って！

都合のいいやじも飛ぶ。

それらのやじを聞いていないかのように、彼女は深々と頭を下げた。

「ごめんなさい！」

それはもうばっさりだった。その言葉で十分伝わるにもかかわらず、「全然、タイプじゃないです！」と追い討ちをかける。満身創痍《まんしんそうい》の相手を鈍器で殴るくらい容赦がない。

玉砕した男側は信じられないといった感じで、「まじ？」と聞いた。

女側はおずおずと口を開く。

「まじです」

また会場がどわっと沸いた。再度の拍手喝采。

みんな手を叩いて笑っている。横で鳴海も笑っている。

「って空野ノリわるいやーん」

と、鳴海がばんばんと背中を叩いてきた。

「昔から目立つ人とか好きじゃないんだよ」

「なんでや、面白いやん」

「ああいう必死さが嫌いなのかも。なんていうのかな。一生懸命なところ」

「大学デビューしようとか思ってるかもやん？　大学ってそういうところやん」

「だからって波風立てるような真似《まね》は好きじゃない。波紋すら立てたくないね」

心の底からそう思っていた。

だれかの印象に残ったり、記憶に残ったりする生き方。それって、それなりにパワーがいる。

ひたすらに薄っぺらく生きる方が楽でいい。

悪目立ちしないように返答ぐらいするし、空気を読んでその場に合わせたりはする。

しかし、自分から人と関わることは嫌いだ。

「今日も鳴海が誘わなかったら、来なかったって」

本心を口走ってしまい、はっと我に返った。

こんなこと日頃は言わない。

それだけイライラしていたのだろうか。口がすべった……。

そんな後悔は杞憂《きゆう》だったようで、どうも楽天的に思えるとなりの大男は、「じゃあちょっとあそこ行ってみよか～」と先ほどの大告白を断った女子のテーブルを見た。

まじかよ、と僕は頭を抱える。

テーブルの大半は女子に男が群がる形になって、小さなコロニーを形成していた。しかし、だれもがゾンビのように異性を求める中、不思議なことに彼女たちに興味を示す男がいない。遠目に見ても容姿がわるいようには見えないし、むしろ、この中では群を抜いてレベルが高いように思える。告白された早瀬と呼ばれた方は告白を受けるだけのことはあるし、なにより、となりに座る女子がどこかのファッションモデルと見間違うほど美形であった。

あれだけの美人がそばにいて、ゾンビたちは気にも留めていないのだ。

なんだろう……まるであのテーブルだけ別世界のようだ。

たしかに、あれだけレベルが高いと近寄りがたいことはわかる。話しかけても相手にされないか、もしくは単純に性格が地雷なのか。いずれにせよ、近寄るもんじゃねえ……と、本能がいっている。

しかし、となりの鳴海は違った。「ほな、いってみよか」と呑気《のんき》に人の腕を摑《つか》んで立ち上がる。「ちょっと！」と抵抗するが無駄だった。

「ちょっとここええ？」

鳴海が女子の対面に座る。そのまま鳴海のとなりに座らせられた。

早瀬という女子は警戒心丸出しの表情をしている。

一方、もうひとりのモデルさん（仮）は、こんばんは〜とウエルカムな感じだ。

「俺は鳴海潮《うしお》。で、こっちは」

「空野かけるです」

ぺこりと会釈をすると、早瀬はため息をついた。仕方ない、とでも言いたいのだろうか。

「私は早瀬優子。で、こっちは」

「冬月小春《ふゆつきこはる》です」

冬月と、そう名乗った目の前の女子がやわらかく笑ったとき、なぜだろう、うわあ、って引いた。

整いすぎていて、引いたのだ。

黙っている冬月は美人に見えたが、目を細め微笑《ほほえ》むとかわいい印象を受けた。

顔はちいさく瞳《ひとみ》はぱっちりしている。長い髪がライトに照らされ輝いている。甘くゆっくりとした口調も相まって、モデルの印象が一変してアイドルのようにも見えてくる。

まるで別次元の生き物というか、住む世界が違うというか。

美人すぎて引く。初めての経験だった。

ただ、そんな冬月には不思議な点がひとつあった。

ただただ、前だけをまっすぐ見つめているのだ。

冬月の視線を不思議に思って追いかけてみると、そこには壁しかなかった。

あの壁になにかあるのだろうかと、いくら眺めてもなにかあるようには見えない。が、こんな美人が見つめる壁なのだから、もしかするとなにかあるのかもしれないと妙な錯覚に陥《おちい》った。なにか世界的に有名な建築物なのだろうかと考えたが、居酒屋のチェーン店でそれはないだろうと、自ら否定した。

高尚な壁から冬月へ視線を戻すと、冬月は右手でテーブルの上を手探りしていた。すぐ正面にはオレンジジュースが入ったグラスがある。しかし冬月はすぐそのグラスを掴むことはできないようだった。まるで濃い霧の中を進んでいるような手つきに、なにをしているんだろうと見てしまう。

早瀬は冬月の肩をぽんと叩いて、耳打ちした。

「小春ちゃん、そのまま十二時にあるよ」

「優子ちゃん、ありがとう」

冬月はまっすぐ腕を伸ばしてグラスにそっと触れ、そして掴んだ。

どうしたんだ、と混乱していると、鳴海がなんともないような表情で冬月に聞いた。

「なん。冬月さん、目がわるいん」

親しくもない人にそんなセンシティブな情報を……とギクリとした。しかし、冬月は気にしていない様子だった。冬月はそっとグラスを置いて、にこりと笑った。

「そうなんです。私、目が見えなくって」


居酒屋を出ると冷たい風が頰《ほお》を撫《な》でた。火照った体に風が心地よい。

部屋の空気が相当わるかったのか、今は国道沿いの排気ガスまみれの空気もおいしく感じる。

どんちゃん騒ぎの大所帯はすでに二次会に向かっているようだった。

遠くから団体らしき笑い声が木霊した。たぶん彼らだろう。

席を立つ際、早瀬が冬月に聞こえないように、小声でこう言った。

「あいつら、小春ちゃんが見えないって知って、すぐ席移っていったんだよ」

「だからあの席だけ孤島みたいだったんだ」

「孤島？」と目を見開く早瀬。

「陸の孤島みたいだったじゃん」

そう言うと、「なにそれ」と早瀬は笑っていた。

宴会会場の月島《つきしま》から清澄《きよすみ》通《どお》りを門前仲町《もんぜんなかちょう》へ進んでいる。僕と鳴海は相生橋《あいおいばし》を渡った先にある大学の寮へ。早瀬は冬月を送ってから地下鉄に乗ると言う。

冬月は白杖《はくじょう》と呼ばれる杖《つえ》を使い、黄色い点字ブロックの上を歩いていた。そのとなりには早瀬が並び、冬月の肘に手を添えていた。鳴海はそんなふたりに向かってべらべらと話しかけている。

国道沿いを歩くと、前を歩く三人の声が車の音にかき消されていった。

ひとり空を仰《あお》ぐと、よく晴れた月夜であることに気がついた。月が明るいからか、街が明るいからか、星は見えない。しかし、まばらに灯《とも》るマンションの明かりがまるで星のように見えた。高層マンションの隙間《すきま》にぽんと大きな月が浮かんでいて、月が満天の星の中に浮かんでいるように見える。これが都会の景色かあ、と胸に響くものがあった。

この月も、彼女は見えないのだろうか。

——目が見えないんです。

そんな言葉を口にした冬月の表情は明るいものだった。

自分が視力を失ったらどうするか。たぶん部屋にこもって、ひたすらに自分の運命を、呪う。自暴自棄になるかもしれない。食事のとき、歩くとき、だれかの迷惑になることに負い目を感じるだろう。それはきっと、つらい。自分ならきっと明るくなんて振るまえない。

なぜ目が見えないのに新歓コンパに来ようと思ったのか。コンパの最中、鳴海がそんなことを尋ねていた。オブラートに包まない鳴海の聞き方にひやっとしたが、冬月はあっけらかんとしていた。

「だって経験したことなかったんです、か……」

冬月の言葉を反芻《はんすう》させると、「なに言ってるの？」と、となりから声がした。

わっ、と思わず声が漏《も》れた。

早瀬がぱちくりとこっちを見ている。

「え。私、嫌われてる？」

「いやいや」

「冗談だよ～」

早瀬は一瞬ぶすっとして、すぐにふふと笑った。コンパ終盤はずっと四人で話していたこともあって、最初に見せていた警戒は解かれているようだった。

「手を離していいの？」

前を歩く冬月はひとりで点字ブロックの上を歩いていた。

「点字ブロックに障害物とかなければひとりでも大丈夫なんだって。頼まれてもいないのに手を添えるのって、本当は良くないって」

「冬月と昔からの友達なの？」

「なんで？」

「いや、冬月の付き添いをしているから、そうなのかなって」

「ああ、そういうこと。小春ちゃんとは入学式のとき出会ったの。ほら、『早瀬』と『冬月』で『は』と『ふ』だから」

ほら、「は」と「ふ」だから……一瞬、なぞかけかと思った。入学式の席が横にあいうえお順だったから、となりに座っていたと言いたいのだろう。

「……なるほど」

「ね、うちの大学、『学生ガイド』ってあるの知ってた？　掲示板で募集していたけど」

「知らないなあ」

「まあそんなもんだと思ってた。その学生ガイドっていうのは、障がいのある人たちに対して、大学生活の補助を行うボランティアなんだよ」

どうやら早瀬の話を要約すると、本人からの要請に基づいて、授業への付き添いや、学内の移動、食事の補助などを行う活動らしい。奇特な人だと思った。一方で、関わったらまずいとも思った。今日は冬月からコンパに参加してみたいと相談されたそうだ。よく、そんなことをやろうと思う。たまにこういう人っている。自分と真逆の人。

「基本的には相手から手伝ってとか言われない限りは手を出さない方がいいんだけど、私ってすぐ手が出ちゃうんだよね」

「そういうもんなの？」

「自分じゃできないでしょ、っていうことの裏返しだから」と早瀬は目を伏せる。

たしかに、こどもを扱うようになんでもかんでも手を出されたら嫌かもしれない。

「大学生になったら、行ってみたかったんだって」

早瀬は小さな声で、「すごいよね」と漏らした。憐憫《れんびん》を含むような声だった。

「そうだ！」

オーバーなアクションで顔を上げる早瀬。

「空野くんって同じ学科だよね？」

「早瀬も流通？」

「流通。小春ちゃんも流通だよ」

「へー。じゃあ、鳴海だけ別学科か」

「空野くんって、計算機科学取ってる？」

「月曜の一限の？　一応取ってるけど」

「私、取ってないんだよね」

「あの講義……履修したはいいけど後悔してる。全然わかんない」

「小春ちゃんもそんなこと言ってた」

「冬月？」

そういえば冬月っぽい人が後ろの席にいた気もしてくる。

しかし、興味がないからか、思い出そうとしても無駄だった。

頭をひねっているふりをしていると、早瀬は急にこんなことを言いだした。

「空野くんは、学生ガイドって興味ない？」

会話に暗雲が立ち込める。この流れはまずい気がした。

「なんで？」

軽い拒絶の「なんで」だった。

その拒絶を早瀬は軽々と無視してくる。

「私と授業が被《かぶ》らないんだよ。その授業だけでいいからお願いできないかなとか思ってみた」

「いや、けどさ」

「べつに困ってなかったらいいんだ。困ってそうなら、ね？」

ここまでお節介というか、でしゃばりというか。逆にすごいな、そんなことを思った。

軽く引いていた、そんなときだった。

がしゃん、と前方から音がした。

前方には自転車が倒れ、たじろぐ冬月の姿があった。

どうやら点字ブロックの上に駐輪された自転車を白杖で倒してしまったらしい。

「大丈夫？」と冬月に駆けよる早瀬。

「ごめんごめん、気づかへんやったわ」と鳴海。

一歩が出そうになる。が、鳴海が倒れた自転車を起こす姿を見て、その一歩が止まった。

「ごめんなさい！」

そう、謝る冬月を、ただただ立ち尽くして見ているだけ。

「大丈夫やって。こんなボロボロの自転車、だれでも倒すで」

スタンドが壊れているのだろうか。なかなか自立しない錆《さび》だらけの自転車に鳴海は悪戦苦闘《あくせんくとう》している。早瀬が眉間にしわを寄せて戻ってきた。

「点字ブロックの上に自転車を停めるの、最近になって意識するようになったんだよね。こういうこと、もっと知ってほしい」

「そうだね」

半自動で出た相づちに、早瀬は「そうだよね！」と少し腹を立てている。そして早瀬は腹を立てたテンションで、「それで、学生ガイドの件はどうかな？」と話を戻してきた。

こちらとしては、さっきの自転車が倒れた一件で流れてほしかった。

うーん、と少し考えたふりをして、「ちょっと考えさせて」と曖昧《あいまい》に答える。

再度の遠回しな拒絶だ。

それでも早瀬はしたたかに「連絡先、教えてよ」とか言ってくる。「いや〜」と断っている間にＬＩＮＥで二次元コードを表示してきた。しぶしぶＩＤ交換に応じた瞬間、「もし小春ちゃんが困っていたらお願いね」と微笑んで、冬月の方へ駆けていった。

最悪だ。

「だから」

——そういうことは苦手だって。

そんな言葉が出そうになって、飲み込んだ。

幼いころから、いろんな家を転々とした。

離婚した母親が女手ひとつで子を育てるためにはそうせざるを得なかったらしい。

最初は祖父母。祖父母が体調を崩して、次は叔母。叔母と母が喧嘩《けんか》して、次は遠い親戚の家。

血のつながっていない母の友人にやっかいになったことがある。どこに行っても、不遜だと嫌われ、礼儀正しく振るまえば慇懃《いんぎん》すぎるとまた嫌われた。転校した学校でもとにかく目立てば嫌われた。しかし、極力関わらずにしていたらなにも言われなかった。結局、みんな人畜無害が好きなのだ。空気を読んで空気になる。関わらない。それがベストと知った。顔色を窺《うかが》い、無関心な領域はどこか、安全地帯はどこか、見極める。それがいつの間にか特技になった。

見上げると、もやが月を隠していた。

もやの中にぼうっと輪郭の曖昧な月が透けている。暗い月の光が、あやしくマンション群を照らしていて、綺麗《きれい》と感じていた景色が、なぜだろう、コンクリートの無機質さばかりに目がいって、少し怖ろしく感じる。

「あ、このマンションじゃない？」

早瀬がそう言って足を止めた。

相生橋のたもとである。橋を渡った先にはすぐ大学がある。

「ええマンションやなー」と鳴海がマンションを見て声を上げた。

目の前には五十階建てくらいのザ・高層マンションが二棟並んでいる。短い階段と車いす用スロープがあり、長い遊歩道がある。その遊歩道の奥にはエントランスがあり、エントランスには、ガラスを伝う滝が見えた。億ションだ、とぱっと見てそう思った。冬月を清楚《せいそ》そうだと思っていたが、清楚系お金持ちと印象が確定した。

早瀬が車いす用のスロープの手すりを冬月に握らせると、冬月は白杖で点字ブロックをかつかつ叩いて、「ありがとうございます」と丁寧に頭を下げた。

じゃあおやすみ。

おやすみー。

おやすみなさい。

そんなことを言い合って、手を振り合った。

そのときだった。

パン、となにかが弾《はじ》けた音がして、マンションの窓に赤い光が映りこんだ。

パン、パン、と連続で夜空に破裂音が続いている。音が鳴るたびに、マンションの窓は色を染めた。黄、青、赤。鮮やかに色づいていく。

鳴海が相生橋の向こうを指さした。

「あそこやない?」

早瀬がスロープから歩道に出て空を見る。

「あれ大学じゃない。花火なんてしていいの?」

すると、私も見たい、とでも思ったのだろうか、「え、え。花火ですか?」と冬月がスロープ伝いに駆けてくる。手を滑らせて体勢を崩した。

「あぶない!」

と、咄嗟《とっさ》に冬月を抱えていた。

冬月の体を起こす。冬月の手のひらに触れると、ひんやりとした感触が伝わった。

「空野さんの手って、温かいんですね」

呑気な冬月だった。

「あぶないよ」

「すみません」

「いや、べつにいいけど」

冬月を歩道まで連れて行くと、花火はすでに終わっていた。

「見逃しちゃいましたね」

おどけたように笑う冬月を不思議に思って聞いていた。

「見えるの?」

聞くと、「いえ」とこっちに顔を向けて冬月は言った。

「花火って、好きなんです」

「好き、なんだ」

――目が見えないのに？

そんな言葉は飲み込んだ。

「いつか友達と、打ち上げ花火、してみたいんですよね」

と、冬月は笑っている。

見えない世界で、どうやって花火をするというのだろう。

見えない世界で、花火はどう見えるというのだろう。

ただ真っ黒な暗闇《くらやみ》で、ひとり。

爆音が響く中、ただ、ひとり。

そういうことなのだろうか。

それをこんなにうれしそうに言える。

うそぶいているのか、本心なのか。

不思議な人だと思った。

「空野くんさ」

早瀬が耳元でささやいてきた。

「小春ちゃん、かわいいでしょ」

否定するのもわるいので、あー、そうだね、と曖昧に答える。

「かわいいし、かっこいいんだよ。小春ちゃんって」

別れるまで早瀬はしつこかった。「気が向いたらでいいから、お願い」などと言われ、「無理だよ」と何度か口をついて出そうになった。

スルーしようスルー。

そうやって、やり過ごすことができた。

2. テラス席

古くからある大学だからか、今どきめずらしい相部屋の学生寮だった。

もちろん相部屋に関しては不満に思っていた。

しかし、その状況にあらがえない事情があった。

安いのだ。

都内で家賃一万円という破格。

その破格条件には、どうしてもあらがうことはできなかった。

また、相部屋のルームメイトは完全なる抽選で、一年のとき同室になったルームメイトは、どちらかが退寮するまで同じ部屋となる。四年間一緒に暮らすことが多いそうだ。

鳴海《なるみ》は強引なところもあるけれど、根はいいやつなんだなと思っていた。寝坊しそうなときは起こしてもらえるし、ありがたいとさえ感じるようになった。

＊

「空野《そらの》、一限ちゃうん？　また夜更かししたんやろ」

そう言って、「みそ汁、飲む？」と寝起き一発目にインスタントみそ汁を勧めてくる鳴海。

寝ぼけまなこでみそ汁を受け取る。ひと口飲むと、ほっとした。

「って、オカンか」

最近、鳴海の関西のノリがうつった気がする。

*

月曜一限が一番こたえる。

とくに寝てばかり過ごしたあとの月曜は精神的につらい。

先週の金曜日、新歓コンパによって精神を酷使したためか、土日の二日間は寝て過ごした。そんな緩みきった精神の中、朝の八時五十分から講義を受けさせられる。それはもはや一種の苦行だ。

そんなことを考えながらあくびをして、四月終わりの冷たい空気を吸い込んだ。

寮を出て、短い横断歩道を渡る。徒歩一分。寮の真正面に大学はあった。

裏門から大学に入ると、まず鬱蒼《うっそう》とした木々がある。その木々の下は、ひんやりとしていて、土の匂《にお》いがして、小鳥のさえずりが聞こえた。清々《すがすが》しい空気に気分も上がり、歩幅を大きくして大学の大講義室へ向かった。

百人は入る広い大講義室はがやがやと喧騒《けんそう》に満ちていた。大講義室の出入口には左右に短い階段がある。階段を上り教室の正面へ向くと黒板があり、その黒板に向かって教室全体が下がっている。

教室に入ってもだれとも挨拶《あいさつ》は交わさない。

人の視界に入らないよういつもの定位置に向かった。

べつに指定席なんてないのだが、一カ月もすると、各々「定位置」みたいなものができる。

その日、自分の定位置には人が座っていた。仕方なく別の席を探すと、一番後ろの席が空いていた。

その席に向かうと、長机の反対側には冬月《ふゆつき》が座っていた。

あ、くらいは思ったが、もちろん挨拶は交わさない。

スマホを取り出すと、LINEにメッセージが一件届いていた。早瀬《はやせ》だ。

既読をつけないようにトーク一覧から読んだ。

ゆうこ　【小春《こはる》ちゃんをよろしく!】

すげえな。ここまでくると逆にすごい。

早瀬と冬月、入学式に出会ったとしてもまだ一カ月もたっていない計算だ。

出会って一カ月未満の他人にここまで干渉できる。正義感が強いというかなんというか。

当の冬月を見ると、なにやら本を指先で撫《な》でていた。

その本は表紙からページの中身まで、すべてが真っ白な本だった。ページには黒い文字が書かれていないように見える。

冬月がページをめくると、プラスチックでできたような黄色一色の栞《しおり》が挟まっていた。冬月は栞を手にとって、また真っ白いページを指の腹で撫でだした。よく見ると、白いページには凹凸がある。点字の本なのか。

教室に入る朝日が冬月を照らしている。

それを見ていると、講義前の教室の喧騒が静かに感じられた。

なにを読んでいるんだろう。

どんな本なんだろう。

気にはなる。が、こっちから声をかける気も湧《わ》かない。そうなるとタイトルを盗み見るしかなくなるが、点字の本はタイトルさえ点字で、なにが書かれているかわかるはずもなかった。

仕方ない。見なかったことにしよう。

と、思ったときだった。

冬月が栞を後ろのページに差し込もうとしたとき、栞が本の小口にはじかれ、すっとこちらに滑ってきた。

冬月は気づく様子もない。

その栞を手にとって「これ、落とした？」みたいな視線を冬月に送るが、気づくはずもない。

すっと冬月の方に栞を滑らすが、手元に栞があることすら冬月は気づかない。

どうするか散々悩み、仕方ないとついに覚悟を決めた。

「おはよう」と声をかけた。

勇気を振り絞った言葉に、返事はなかった。

冬月は黙々と本を読んでいる。

「おはよう」と再度声をかけると、冬月は「へ？」とすっとんきょうな声を出した。

え、あ、私のこと？　といった反応だ。

こっちもこっちで戸惑うが、次第に理解が追いつく。

そうか。顔の向きとか目線とか、そういうので判断できないのか。

「冬月、おはよう」

次は、明確に名を呼んだ。すると冬月はこちらへ曖昧《あいまい》に振り向いた。完全に顔を向けるというより、耳を向けたような形で「空野さん？」と答えた。

「なぜ疑問形？」

「ごめんなさい。名前を言ってもらわないとわからなくて」

そうか。見えないから、声の主《ぬし》がだれかわかりにくいのか。

「今回は、声色《こわいろ》でそうかなーって」

「声色？」

「空野さんって、ちょっと声が高いんですよね」

「そうなの？」

「うん。みんなはド付近が多いけど、空野さんはミって感じ」

「絶対音感があるんだ」

「こどものころからピアノやっているんですよ」

ピアノを弾く真似《まね》をして、明るく応答してくれる冬月に安堵《あんど》する。

よく見ると、冬月の指は長くて細い指だった。やはりというかなんなのか、それでもやはり、この人はきれいな人なんだなと思った。

「その栞」と言うと、冬月からきょとんとされる。そうか。見えるはずもない。

栞を手に取って、つんと指先に触れさせると、状況を察してくれたのか「拾ってくれたんですか。空野さんはいい人ですね」と冬月は笑った。

その不意打ちのような笑顔に胸が高鳴る。

そのことを意識したくなくて、冬月から目をそらしてしまった。

その後、すぐ教授が来て講義が始まった。

なぜか文系の学科でコンピュータの構造や演算の仕組みの講座があった。十進法の世界でさえうまく理解できず文系に逃げた人間に、二進法がうんぬん言われても理解できるわけがない。ビットがバイトでメモリ空間にアドレスを格納って、日本語で言ってくれと混乱している。

大学の講義は基本的に学生を置き去りにしていく。理解したければ自分で調べなさい、といったスタンスだ。自立性を求めるにしてもドSが過ぎる。

九十分という時間はなかなか過ぎてくれなかった。

スマホを見ると、まだ四十分しかたっていない。高校ならあと十分で授業が終わる時間だ。

集中力の限界がきて横の窓から空を見た。突き抜けるような青空が広がっていて、いくぶんか心が晴れやかになった。そのまま視線を下ろすと冬月がいる。

冬月は真剣な表情でまっすぐ前を見つめていた。なにやらキーボードが付いた小型の機械にイヤホンをつないで、イヤホンの片方を耳に入れ、もう片方は講義を傾聴しているようだ。

スマホで調べると、その機械は点字メモ機というらしい。読んで字のごとく点字でメモを取る機械だそうだ。

長い九十分が終わると、教授が退室して、教室はがやがやと騒がしくなった。

次の講義は三限で、二限と昼休みの三時間近くが暇になる。毎週その時間は寮に戻り、寝て時間をつぶしていた。今日も帰って寝よう、いつもと同じことを考えながら立ち上がった。

ちらりと冬月を見ると、冬月はテーブルの上のものを片付けていた。ひとつひとつ、鞄《かばん》の中に手を突っ込んで、入れた、入れた、と慎重に確認しているように見えた。適当に鞄に突っ込むということができないためか、ひとつひとつの動作に時間がかかっていた。

大変そうに。

そんなことを、考えてしまう。

こんなことを考える、自分が嫌いだ。

こんなことに気がついて、傷つく、自分も嫌いだ。

……帰ろう。

背を向けた、そのときだった。

からんと――音がした。

振り向くと、冬月が椅子《いす》に立てかけていた白杖《はくじょう》を倒していた。白杖は階段を滑るように落ちて、一段下の階段で止まる。

冬月はしゃがんで、床に触れ、ゆっくりと白杖を探していた。が、見つけられそうにない。

そりゃそうだろう。自分だって目をつむって探せと言われたら、あれは見つけられない。

あたりを見渡すと、教室には自分と冬月しかいない。

最悪。

こういうとき、一瞬でもためらう自分が嫌いだ。

だれかに頼りそうになった自分が醜い生き物だと思った。

一方で、だれもいなくて安堵する自分もいた。この状況で人の目を気にする。ますます醜いと思う。早瀬なら、鳴海なら、ノータイムで拾いに行く。そんな姿が容易に想像できた。

「冬月、待って。拾うから」

「ありがとうございます」

「取れた」

「ありがとうございます」

落としたものを拾ってもらうだけで、なぜこんなにペコペコしないといけないのか。

「たいしたことじゃないって」

「鈴でもつけておけばよかったですね」

「いや、転がって止まったら音鳴らないじゃん」

「あ……。そうですね。あはは」

こうやって笑っていると、ふつうの女の子みたいに見える。しかし、白杖を頼りに歩きだす冬月を見ると、どうしても目のことを意識してしまう。

「空野さんは、二限ありますか？」

「いや、取ってないけど」

「予定とかあります？」

エレベーターが開いて、冬月が入るまで待つ。冬月が乗り込んでから、ボタンを押した。

帰って寝ると素直に言えず、別れるタイミングを逸してしまった気がする。

ここで、じゃあ僕帰るから、とはさすがに言えない雰囲気だ。

「ちょっと時間をつぶしませんか？　優子《ゆうこ》ちゃん、予定があるってさっき連絡が来て」

「連絡って電話？」

「いえ。ＬＩＮＥです」

「え、ＬＩＮＥできるの？」

驚くと、ふふ、と冬月は微笑《ほほえ》んだ。

あとで教えてくれると言うので、僕たちは学生会館へ向かった。

学生会館のテラス席には自販機が並び、日よけなのか目隠しなのか鉄の板でできたフェンスがある。そのフェンスが日の光を散らしてくれて、やわらかな日差しが入る気持ちのよさそうな場所だった。

紙コップの自動販売機の前で、「なにか飲む？」と聞くと、冬月からは「自分で買えますよ」と返ってきた。冬月は指の感覚だけで手のひらの小銭を投入し、手慣れている感じで砂糖多めのボタンとミルクティーのボタンを押した。

「今の、どうやって選んだの？」

「ふふ。気になりますか？」

「だって、見えないっていうし」

「この自販機はマイ自販機なんです」

「……もしかして、冬月様は自販機業者だったりするのでしょうか」

一族は自動販売機収益で億ションを手に入れた自販機富豪だったりするのだろうか。

冬月は一瞬固まって、そして笑いだす。

「違いますよ～」

「いや、だって、この自販機は私のもんだってご主張されるから」

慇懃《いんぎん》に続けると、「空野さんって冗談言うんですね」と言われた。

「え。冗談のひとつも言わない根暗と思われている？」

どうやら笑いのツボに入ったようで、根暗、あはは、あはは、と笑い続けている。

そっと指で涙をぬぐう冬月。動作ひとつひとつが、どこか品がある。

「マイ自販機というのは、よく使う自動販売機って意味です。私たち、知らない自動販売機はロシアンルーレットみたいになるんです。ミルクティーが飲みたかったのに、おしるこだー！みたいに」

「なんか楽しそうじゃん」と言って、言った瞬間、「その、楽しそうって、ごめん」と謝った。

「べつに謝らなくていいですよ～。これでも楽しいときもあるんです。けど、毎回だと飲みたいものがずっと飲めないので、よく使う自販機を決めるんです。それが」

「マイ自販機ってこと？」

言葉を被《かぶ》せると、「そうです」と冬月はにこりとした。

「この前、優子ちゃんに全部のボタン教えてもらったのでマスターしたんですよ」

「もしかして全部のボタン覚えたの？」

「すみません。お砂糖のボタンとミルクティーのボタンだけです」

「なぜ盛ったし」

「言葉のあやですよ～」

　話しかけるとこっちを向くし、あまりに自然に話すから、話していると目が見えないことを忘れそうになる。しかし、見合わせても冬月と視線が合うことはない。そのことが本当に見えないんだなと再認識させる。

「そういえば、ＬＩＮＥってどうやっているの？」

　尋ねると、冬月は机にそっとカップのミルクティーを置いてから、自分のスマホを取り出して説明してくれた。どうやら大体のスマホにはスクリーンリーダーという機能が搭載されているそうで、その機能をオンにするとワンタップで触れた部分の文字を読み上げ、ダブルタップで選択するようになるらしい。それを意気揚々と教えてくれた。

「スマホ操作も難しくてですね、指が二本のときと三本のときで動作が違うんです」

「へー、難しそう」

「四本指のスライドやトリプルタップもありますから、とても練習しました。大変でしたけど、人間、必要に迫られたらなんでもできるというか」

　冬月は自分の苦労話を楽しそうに話す。まるで苦労と思っていないみたいに。

「ＬＩＮＥとか、入力はどうしてるの？」

「それは音声入力です。なので、たまに誤字があるのは許してください」

　そう明るく笑う。なんというか、底抜けに明るいというか。

「この前、鳴海さんにも聞かれたんですよ」

たしかに鳴海のアイコンがＬＩＮＥの画面に映っていた。

すると、笑ったままの冬月がこんなことを言った。

「私たち視覚障がい者って、案外みんなといっしょのことをしているんです」

心臓が、冷たくなった。

自分を「障がい者」と言い切ったことに、なんて反応すればよいのかわからなくなったのだ。

目が見えないとか、ハンディキャップとか、別の言葉に置き換えようと思えばいくらでも置き換えられるだろう。それをストレートに「障がい者」。そう、易々《やすやす》と言った。

自分なら、明るく、僕母子家庭なんだー、と言える気がしない。それなりに自分の心に影を落としているのだろう。

今に至るまで冬月はどれほど葛藤しただろう。

そんな想像をすると、冬月に「どうやっているの」とか、「できるの」とか、そういう言葉は失礼だっただろうか。

わからなくなる。

どこまで聞いていていいのか。

どんな言葉が冬月を傷つけてしまうのか。

どうすればいいんだろう。ふつうに接していいのだろうか。

そもそもふつうに接するってなんだろうか。

透明な壁を、感じる。

それは自分が作る、見えない壁だ。

わかっている。

ちゃんと聞けばいいし、ちゃんと話せばいい。

わかっている。わかっている、つもりなのだ。

すると、冬月は「空野さんも教えてくださいよ」と言った。

一瞬、なにを教えてくれと言われたのかわからなかった。

冬月はスマホの画面で二次元コードを表示させている。連絡先を交換しましょう。そう言われていることに、次第に理解が追いつくが、あ、とか、う、しか言葉が出なかった。

「空野さんが、読み取っていただけますか？」

そうマイペースに冬月は続け、スマホに冬月のアイコン『こはる』が入った。

そのアイコンは、見たことのない花の写真だった。

＊

翌週の月曜一限が終わったあとのこと。

なんとこの冬月という女子は、またからんと白杖を倒したのだ。

だれか気づいてくれと思ったけれど、だれも気づきもしなかった。

放っておくにはどこか申し訳なく感じて「大丈夫？」と声をかけると、「先週に引き続いて、ありがとうございます」と冬月は、ありがとうと口にする割に苦笑いをしていた。

声をかけたあと、この前と同じ流れをたどってしまい、僕たちはまたあのテラス席で時間をつぶすことになった。

冬月はまた砂糖多めのミルクティーをちびちびと飲んでいた。とりとめのない会話をしていると、お互い無理に間を埋めなくてもいいと思ったのか、ふと会話がなくなってしまった。

無言でも気にならない。冬月の表情を見ても気まずそうにしているようには見えない。なので安心してそれぞれぼうっとしていた。

そよ風が吹いて、近くの木々が揺れる音がした。気持ちよい陽射《ひざ》しの中で、あくびが出た。あくびの声を聞かせることはさすがに申し訳なくてかみ殺した。

そのときだ。

「お〜い」

と、早瀬が手を振ってこちらにやってきた。

「あ、優子ちゃんだ」と冬月が声のする方へ顔を向ける。

「今ので早瀬の声ってわかったんだ」

なんとなくそんなことを思った。目をつむってさっきの声を聞いたとしても僕には判別つかないだろう。

「優子ちゃんの声はかわいいので、わかりやすいんですよ」

「そうなんだ」

見えなくなると聴覚が発達すると聞いたことはあるが、本当なんだろうか、と思った。聞いてみたいが、なんだか根掘り葉掘り聞くようで、聞くのも失礼なようにも感じた。

早瀬はこっちに来るなり、「二限が教授の都合で休講だった～」と肩を落とす。

「ふたりでなんの話してたの？」

特段なにも、と言いそうになったが、冬月が先に答えた。

「優子ちゃんの声は遠くからでも聞き分けやすいって話していましたよ」

「え。そうなの？」

早瀬は僕と冬月の間の席に着いて、僕に背を向け、冬月へ体を向けた。

「それって、やっぱり見えなくなると耳がよくなるの？」

僕がためらった質問を早瀬は易々と聞いている。図太いな～、なんて思った。

「あ、いえ。そんなことないと思いますよ」

「反響音でなにがどこにあるとか聞き分けたりできるって」

「できませんできません」

冬月は笑って顔の前で手をあおぐ。

「まあ私はずっとピアノをやっていましたから、聞き分けができるんでしょうね」

「小春ちゃんってピアノやってたんだ。じゃあお願いがあるんだけど……」

早瀬と冬月の歓談が続いている。僕はひとり空を見ていた。ゆっくりと流れる雲を眺めていると、あの雲に寝転んだらどんなに気持ちいいんだろうと思うようになった。

つまりはやさしい日差しの中、眠くて眠くて仕方がなかったのだ。

横目でチラッとふたりを見る。早瀬も冬月も楽しそうに話している。そこでふと気がつく。

僕はもう帰れる流れなのでは、と。

「じゃあ、僕はそろそろ寮に戻ろうかな」

しれっと帰ってみることにチャレンジした。帰ってゴロゴロしようと。

すると、見事にチャレンジは失敗だったようで、

「あ、いい？　空野くん、ついでに記念会館ってどこにあるか案内してくれる？」

と、早瀬から謎《なぞ》なことを言われた。

「案内ってなにが？」

「話してたじゃん」と早瀬は眉《まゆ》をハの字にする。「学祭のジャズライブで、寮の敷地にある記念会館のピアノを使うんだけど、ほら、私、学祭実行委員だからさ、ピアノからちゃんと音が出るか確認しないといけなくて。小春ちゃんがへんな音がしないか確かめてくれるって」

早瀬が学祭実行委員に入っているとか初耳だったが、率直にこう思った。

「……それで、なぜ僕が案内することに?」

聞くと、早瀬はきょとんとして「だって寮に戻るんでしょ?」と言ってくる。

なぜ「寮に戻る」と「案内する」がイコールになるんだ……。

「寮の敷地ってさ、『関係者以外立入禁止』って立て看板もあるしさ、なんだか寮生以外入っちゃダメな雰囲気ない?　ね、お願い」

まあ断っても悪目立ちするだけか。と、「帰り道だから」としぶしぶ了承した。

帰って寝よう。二時間は寝られる。

そんなことを考えながらふたりと裏門から大学を出て、寮の敷地へ足を踏み入れたときだった。

早瀬のスマホに着信が入ったようだった。反応から見て先輩からのようだ。

早瀬は「はい、はい」と少し話したと思ったら、「ごめん学祭実行委員で集合がかかっちゃった」と、大学に引き返すと言った。引き返す直前に、「ごめん、小春ちゃん。ピアノ、確かめてもらえる?」と冬月の手を握り、「じゃ、空野くん、よろしく!」と元気よく手を振った。

内心、ちょっと待て、と総つっこみしたが、この場面で断ると、相当空気が読めていないことはわかった。心の内でため息をついて、「行こうか」と冬月と目的の場所へ向かった。

階段があるよとか、段差があるよとか、右手に進むよ、左手に進むよ、とか案内しながら、冬月をピアノがあるという記念会館へ連れて行った。冬月は白杖を使い障害物を確認しながら歩いていたが、一緒に歩くと手を貸さなくていいのか気にはなった。いっそのこと手を貸した方が安全だったが、冬月に触れることもはばかられた。

ピアノはほこりっぽい部屋にぽつんと置かれていた。

記念会館のしんとした大部屋は、ほこりが光に照らされ、部屋全体がきらきらとしていた。

大部屋のすみにぽつんと大きなグランドピアノがある。黒光りするピアノは、うっすらほこりをかぶっていた。

冬月を鍵盤の前に連れて行くと、冬月は鍵盤をひと撫でして、

「わ〜」

と、こどもみたいな声を上げた。

「座れる？」

「ありがとうございます。大丈夫ですよ」

ピアノ用の椅子に座って、人差し指で鍵盤を押し込む冬月をすぐ横から見ていた。

「いまさらだけど、見えなくて弾《ひ》けるものなの？」

「目が見えていたときに暗譜した曲なら弾けるものですよ」

「まあ、盲目のピアニストとかいるもんな」

「あの人たちは別次元ですよ。私は見えないと新譜は覚えられませんし」

ふふ、と冬月は笑っている。

「見えたころの記憶とか、癖《くせ》とか、結構残っているものなんですよ。ピアノを弾くとき楽譜がある方へ目配せしますし、話しかけられれば顔を向けてしまいます。花火が上がったら、上を見てしまいますし、たまに目が見えているように思われることもあるんですよ。見えていたころのイメージができるので、見えた時期があってよかったなあ、なんて思うんですよね。見えなくなって「見えた時期があってよかった」そう微笑む冬月に、言葉を失ってしまった。すごいね、が正しい反応なのか。そう反応することで、ふつうそこまで前向きに捉《とら》えられないと、決めつけたように聞こえるのか。

反応に窮して固まってしまったように思う。

ピン、と高い音が鳴って、我に返った。

「おっ、グランドピアノですね」

「わかるの？」

「押した感覚が全然違うんです。グランドピアノは鍵盤の戻りが速いんです」

「へー」

冬月は「空野さんに聞かれると思うと、緊張しますね」とか言いながら、慣れた手つきでいくつか試し弾きをして椅子の位置や姿勢を整えていく。

「じゃあ、弾いていいですか」

「どうぞ」

冬月は長い指を鍵盤に置いて、深呼吸した。そして息を吐き出すと同時、ゆっくりと鍵盤を押し込んだ。

やさしい旋律がしんとした大部屋に広がっていく。

まるで鍵盤を撫でるようにして、冬月の指は豊かな音を奏でていた。

すごく上手《うま》い、と驚いた。冬月の奏でる曲は、なんだろう、海のような曲だと感じた。青空の下、足首まで海に浸かっていて、足元には寄せては返す波があって、ああ遠くの海面はキラキラしているなあとか、海鳥《うみどり》がいるなあとか、そんなことを考えながらぼうっと海を眺めていると、急に白波が押し寄せて、足元の波頭《なみがしら》が光ってまぶしいと感じるような。

冬月のゆったりとした演奏はそんな演奏だと感じた。

「どうですか？」

曲が終わり、冬月が感想を求めてきた。

どうって……なんて答えろと。

「うん。やっぱりバッハはいいね」

適当に答えると、冬月は大きな口で笑った。

「はい。バッハじゃないです」

「じゃあ、モーツアルト？」

「おしい……くはないです」

「波のアラベスク』って曲です」

あはは、と冬月は笑っている。

「やっぱり空野さんは面白《おもしろ》いなあ。三善晃《みよしあきら》という方の、『波のアラベスク』って曲です」

「それはわからないよ」

大体、クラシックを習っていない人からすると、学校で習った、ベートーヴェン、バッハ、モーツアルト、ショパンなど、音楽室に写真が飾られた音楽家しか知らない。

「ピアノのコンクールでよく選ばれる曲で私も五年生のとき弾いたんです。そのときから好きでよく弾くんです。楽譜よりゆっくり弾くのが私は好きなんですよね」

「まあ正直、めちゃめちゃ上手い、って思ったよ」

この曲を小学生が弾くんだと驚きながらも褒めると、冬月はありがとうございますと満足げに笑った。そして、もう少し弾かせてくださいと、うれしそうにする。

どうぞ、と答えると、冬月はそれから三十分は弾いていた。


「ピアノは少し調律が必要かもしれないですけど、許容範囲だと思います」

満足するまでピアノを弾いた冬月は、僕のとなりを歩きながらうきうきした声を出していた。

「ピアノはよく弾くの？」

「電子ピアノですけどね。家でよく弾いています」

　もうすっかり寝る時間がなくなっていて、学食に行くかと冬月と大学に戻ることにしたのだ。寮の敷地から出て、大学裏口前の横断歩道の信号を待っていたときだった。

「ありがとうございました」

「別にいいよ」

　ピアノのこともなんですけど、と冬月は続ける。

「さっき白杖が倒れたとき、やっぱり鈴でも付けておけばよかった、なんて思いながら拾おうとしたのですが、なんとなーく、また空野さんが拾ってくれる気がしたんですよね。やっぱり拾ってくれた！　って、すごくうれしかったんです」

　思いもしなかった告白に、驚くしかなかった。

「僕が拾うとは、限らない……じゃん」

「けど拾ってくれましたよね」

　にこりと、冬月は笑う。

「空野さんが講義中に当てられていて、いるんだーって思って、またテラス席でお茶できないかなって思ったんですけど、講義室で『空野さん』って呼ぶのも恥ずかしいじゃないですか。けど、またこうやってお話しできてよかった」

「ＬＩＮＥ交換したんだから、連絡すればいいじゃん。別に講義室で声かけなくっても」

　いきなり満面の笑みで、お話しできてよかった、なんて言われたものだから、気恥ずかしくなって社交辞令のような返答をしてしまった。

すると、「え。していいんですか」と驚かれる。

「……いいけど」

わかりました、となぜかにこにこしているので、不思議な人だなと思った。

歩行者信号が青に変わり、信号機から鳥の鳴き声がする。

その音を聞いてか、「行きましょうか」と冬月は言う。

なぜだろう、冬月の声は信号機から流れる鳥の声のように弾んでいるように聞こえた。

＊

五月末になった。冬月と知り合って一カ月がたっていた。

講義のあと時間が空くと、冬月とテラス席で時間をつぶすことが習慣となった。

ＬＩＮＥしていいと言った日から、わざわざ前日に【よかったらテラス席でお茶しませんか】と連絡してくるので断りづらいということもあった。

その日も冬月とテラス席で時間をつぶしていた。

自分は学食のラーメンを食べ、冬月はいつものように砂糖多めのミルクティーを飲んでいた。

冬月はいつも昼食を食べなかった。

母親が作った朝食をもりもり食べるからだそうだ。

冬月曰《いわ》く、あのマンションには母親とふたりで暮らしているそうだ。目のことでかかりつけの病院があって、病院の近くにセカンドハウスを購入したらしい。当然のように「セカンドハウス」とさらっと言われ、「本物の富豪が目の前にいる」と驚愕《きょうがく》すると、冬月は頰《ほお》を膨らませて冗談っぽく怒っていた。

ラーメンを食べ終わり、日光を浴びてぼうっとしていた。

初夏の風が吹いてきた。気持ちのいい青天だった。

「かけるくん？」

「ん？」

「どこか行っちゃったのかと思いました」

「気配、消してたからね」

「かけるくんのいじわる」

少し黙って気配を消すと、冬月が言うには本当にいなくなったみたいだという。気配の消し方が他の人と一線を画《かく》しているらしい。

なんとなく、「かけるくん？」から始まるこの掛け合いが好きだった。

いつからだっただろうか。冬月がいきなり「名前で呼び合いませんか？」と聞いてきた。

こっちは名字の呼び捨てが限界。もちろん断ったが、冬月だけ「かけるくん」と呼んでくるようになった。

　正直、冬月と冗談交じりで会話する仲になるとは思ってもいなかった。

　しかし、リズムが合うというのか、なんなのか、どことなく心地よさを感じていた。

　女子と話していて楽しい、そう感じるのは初めてだった。

「そういえば、いつも読んでいる本ってなんなの？」

「これです？」と冬月は本を鞄から出す。

「そう、それ」

「タイトルがここに書いてますよ？」

「点字は読めないって」

「アンネの日記です」

「あー、アンネの日記かー」

「えっ！　読んだことありますか？」

「いや全然ない」

「ええ！　今の反応なんですか！」

　笑う冬月に、「面白いの？」と聞いた。

「強く、あきらめずに生きた姿に、なんでしょう、がんばろうって思うんですよね。それに、とても好きな一節があるので、そこだけでも読み返してしまうんです」

読んだことがなかった僕からすれば、いまいちピンと来なかったが、冬月の愛《いと》おしそうに本を撫でる姿を見て、なんとなく察することができた。

きっと、心に残る、大事な本なんだろう。

その白い本をまじまじと見る。

「点字って読むの大変?」

「慣れですけど、そこそこ時間はかかりますよ。最近はオーディオブックなどが増えたので、そういうので本を聞いたりもします。ただ、自分で紙を撫でるって、それはそれでおつなものだったりしますよ」

「へー」

「かけるくんも点字読んでみますか?」

冬月が白い本を渡してくる。受け取って白い本を撫でた。

「へー」

「いや、へー、じゃなくて」

「じゃあ考えとくよ」

「あ、それやんないやつだ」

見抜いた冬月は、あはは、とまた笑う。

「そういえば、これは?」

本に挟まれた黄色い栞を手に取ってみた。あの日の栞だ。

「どれです？」

そう言って、冬月が手を伸ばしてきた。それを触らせると、ああ、と言った。

「それは私が作った栞です」

その栞には点字が書かれている。

「なんて書いてあるの？」

「かけるくんには、ぜひ読んでみてほしいですね」

「気が向いたら解読してみるよ」

「あ、やっぱり、それやんないやつだ」

かけるくんは面白いなあ、と冬月はつぶやいて、一拍置いて尋ねてきた。

「かけるくんって、打ち上げ花火は好きですか？」

「なんで花火？」

「私が好きなんですよ」

「前も言っていたね」

「言っていましたっけ？」

冬月と出会った夜、いつか友達と打ち上げ花火をしたいと言っていた。

目が見えないのに？　またそう思ったが、口にはしなかった。

「僕の地元が下関《しものせき》でさ、まあ引っ越しが多かったから、地元って言っても最後に引っ越した先が下関って場所でさ」

下関の関門海峡《かんもんかいきょう》の流れの速い海流が脳裏に浮かんだ。

「関門花火大会って、関門海峡を挟んで下関と福岡《ふくおか》の門司港《もじこう》の両岸から、バンバン花火を打ち上げる大会があってさ」

ふと、幼いころ、親と行った花火大会を思い出した。

そして、そのときに思ったことを口にする。

「めちゃめちゃ混んでたな」

率直な感想を言うと、冬月は、あはは、と机を叩《たた》いた。

「なにかいい話が聞けるのかなって思って待っていたのに、なんですかその感想は」

「いや、人混みがすごいんだよ。日本で二番目に人が集まる花火大会とかで」

かけるくんらしいな〜、と冬月は笑っている。

「私は行ってみたいですよ。きっとすごいんでしょうね。海を挟んで花火が次々に上がるんでしょうから」

「けど、混むよ〜」

そう言うと、冬月は突拍子もないことを口にした。

「花火の人混みって、よくないですか?」

「はい？」

思わず聞き返してしまった。

すると冬月は両手を広げてオーバーなアクションをした。

「みんなが夜空を見上げているんですよ。わくわくして笑って。そんな人たちが周りにたくさんいるんです。そう考えると、打ち上げ花火ってすごくないですか」

いや……と、言葉が出なかった。

そんな見方をしたことなかった手前、面を食らってしまったのだ。

冬月は、すごいな。

彼女の見ている世界はどんな世界なんだろう。

見えない彼女が見ている世界は、きっと僕とは違うんだろう。

ある種の劣等感を覚え、うつむいてしまった。

うつむいてしまっても、冬月には見られることがないから、ある意味思う存分うつむける。

しかし、会話が途切れて気を遣わせるのも嫌だった。

「これって、どうやって作るの？」

視線を落とした先にあった栞をひと撫でする。

「特殊なプリンターがあれば、案外簡単に作れますよ」

当然、読めはしない。指でなぞってみたが、わかるはずもなく、むしろ指の腹だけではどこが凹でどこが凸かもわからない。よく読めるなあ、と思うと同時、実際に手に触れて、冬月の目が見えないことを再認識する。住む世界が違うんだな、と感じてしまう。

「こういう点字の栞って、作れるんだ。知らなかった」

「これは大学生になってから作ったんです。作ったことありません？　死ぬまでにやりたいことリスト」

死ぬまでにやりたいことを思い浮かべてみる。宝くじでも当てて、ずっと家に引きこもって本でも読んで暮らすことぐらいだろうか。それは死ぬまでにやりたいことというより、ただの欲望と言えよう。

「人間、いつ死ぬとも限りませんよ？」

にこっと微笑む冬月。

その微笑がまったく理解できなくて、えっ、と固まってしまう。ブラックジョークがすぎていた。

それを察知したのか、冬月も慌てて、「ごめんなさい。冗談です。冗談！」と訂正する。

「勘弁してよ」

手汗を拭こうと栞を本の上に置いた瞬間、それは起きた。

夏の湿気を含んだ重い風が、ぶおんと吹いたのだ。

いくつかテラス席の椅子が倒される。

テーブルに置いた本のページがぱらぱらとめくれ、栞が……ふっと飛ばされる。

手を伸ばすが、栞はするっと手のひらからこぼれる。

「え、え！」

ひらひらと舞い上がっていく一枚の栞。

走って摑《つか》もうとしたが、栞はテラス席から生協会館の屋根に飛んで行き、見えなくなる。

「え」

それしか言えない。

「ど、どうしたんです？」

こちらの動揺につられて冬月も動揺している。

それから、出来事の一部始終を説明した。

「ごめん。大事なものだった？」

ごめん、ごめん、と何度も謝る。

「……そうですか」

静かになる冬月。見るからに肩を落としている。

「いいですよ。栞に書いてあったこと覚えてますし」

気丈に振るまう冬月だが、どこか後ろめたさは残った。

だからなのだろうか。

「知ってますか」

この言葉に続く、冬月の誘いを断ることはできなかった。

*

「花火研究会っていうのがあるらしいんです」

大学に航海士を育成するコースもあるためか、キャンパスにはポンドと呼ばれる船着き場があるし、実際に小型の船もあった。

冬月曰く、そのポンド前の第一艇庫《ていこ》の横に、花火のチラシが貼《は》られたプレハブがあるらしい。そのプレハブが花火研究会というサークルの拠点だそうだ。早瀬に教えてもらったらしい。

「よかったらでいいんですけど案内していただけませんか？　優子ちゃんにばかりお願いするのも心苦しくて」

「早瀬って、今日の午前中はバイトだっけ」

「はい。今頃《いまごろ》はカフェのバイトの最中らしいですよ」

「バイトか〜」

バイト、してみるか？

と、考えてみる。

激安の寮に下宿しているから、奨学金だけでなんとかなる。しかし、お金はあっても困らない。だが、まったくもって働く気にはなれなかった。

「優子ちゃん、コーヒーの匂いを漂わせて、ますます素敵になるんですよ」

「そういうのは、ちょっとあこがれる」

「私もバイトってしてみたいなー」

その言葉にはさすがに驚かされた。たぶん、いつかはやりたいとあこがれているわけではなく、本心で言っているのだろう。そういう前向きなところは素直にすごいと思える。

テラス席から海側へ歩くと、すぐにポンドに行きつく。入り口には『釣り禁止』と書かれた貼り紙《がみ》があるが、すでに三人ほど釣り糸を垂らしている人もいる。海が光っていた。ゆっくりと白い雲が流れている。

「ここだな」

「どんなところです?」

見えない冬月に代わって目の前のプレハブを説明する。

「なんというか、すごいな」

「全然伝わりませんよ」

笑いながらつっこみをいれてくる冬月。

目の前の建物はプレハブというよりしばらく放置された物置のようだった。

緑の蔦《つた》がプレハブに這《は》っている。大きさな窓がひとつあるが、カーテンが掛けられていて中はのぞけない。ドアには「花火研究会」とペンキで汚らしく書かれていて、色あせた隅田川《すみだがわ》花火大会のポスターが貼られている。二十センチぐらいから膝下《ひざもと》ぐらいまでのさまざまなサイズの鉄製の筒が、プレハブを囲うように放置されていた。

目の前の状況を説明すると、冬月は第一声としてこんなことを口にした。

「って、かけるくんの冗談ですか？」

「冗談言わないよ。見たまんま。魔窟《まくつ》かもしれないけど、どうする？　ノックする？」

「お願いします」

固唾を呑《の》んで魔窟の扉をノックした。

応答が得られず、もう一度、ノックする。

「留守みたいだね」

「そうですか」

ふたりして踵《きびす》を返した、そのときだった。

釣り竿《ざお》を担《かつ》いだ無精ひげの瘦せた男が「なんか用？」と目の前に立っていた。

うわっと声が漏《も》れた。

思わず冬月の袖《そで》を摑むと冬月も摑み返してきた。冬月は口を真横に結んで身を硬くしている。

「叫ばなくてもいいじゃん」と、男は低い声で言って眉間にしわを寄せた。

冬月がぎゅっと僕の袖を摑んで黙っている。だめだ。フリーズしている。

「あの、この花火研究会の方ですか？」

「代表の琴麦雄一《ことむぎゆういち》……って、僕しかいないけど」

けだるそうにプレハブのドアを開けて釣り竿を突っ込んだ。

「今日は何用？」

「ただの見学です」

「そっちの女の子は？　目が見えないの？」

冬月の白杖を見て、ぶっきらぼうに聞く先輩。

「は、はい」とようやく冬月は口を開く。

「目が見えなくて花火に興味あるんだ。いや、べつに見えなくていいけど。音を楽しむっていうのも楽しみのひとつだし」

目をつむって、うんうんとうなずかれていらっしゃる先輩。

すると、なにを思ったのか、冬月はこんな突飛なことを言った。

「ここって、花火を打ち上げたりできるんですか？」

見るからに先輩は訝《いぶか》しんでいる。

「なんで？」

「この前、花火が大学から上がっていたそうなので、そうなのかなって」

冬月と出会った歓迎会の日、あの日の花火を思い出す。たしかにポンドあたりから打ち上がっていたような気もする。

「私も打ち上げ花火ってしてみたくて」

「遠くでみんなと一緒に見る、じゃだめなの？」

「できれば、近くでやってみたいんです」

「厳しいかな～。花火って危険だから、目が見えないとあぶないよ」

そう言って、先輩は自分の袖を捲《まく》った。腕にはぽつぽつとやけどの痕《あと》があった。きっと花火で負った火傷《やけど》だろう。本当に危険なんだぞ、とでも言いたいのか。目が見えたらこれで伝わる。

しかし、冬月はただただポカンとしているだけだ。

先輩は冬月の反応を見て、「ああ」と腕をしまう。

「どうしたんですか？」そう聞く冬月に「なんでもない」と先輩の返しはそっけない。

「教えてください」

食い下がる冬月に、琴麦さんは背を向ける。

なにか言いたげな冬月だったが、「行こう」と言って、ふたりでテラスに戻ることにした。

「さっき、なにかあったんですか？」

「なにかって？」

「無言だったので、なにかしぐさをされていたのではと」

さきほど見たやけどを説明した。それを聞いた冬月は「そうですか」とぼそりと言う。

「説明するのあきらめられるのって、とてもかなしいんですよね」

それは、何度か経験したことがあるような口ぶりだった。

目が見えない――たしか七割だったか、人間は視覚から情報を得ているらしい。その見える情報だけで人はコミュニケーションをとることもある。アイコンタクトとかジェスチャーとか。それができなくなって、どうせできないんでしょって、あきらめられる。それは、たしかに、心にくるかもしれない。

「あきらめたくないなあ」

ぼそりと冬月は言って、なにか思いついたように大声を上げた。

「そうです！」

新緑の通り道で、満面の笑みの冬月がこっちを向いてきた。さっきまでうつむいていたのに、急に笑顔になるから驚いてしまう。木漏《こも》れ日《び》が冬月の整った顔立ちを照らしている。不覚にも、その笑顔はかわいいと思ってしまった。

だが、次のひと言で正気に戻った。

「花火、やりましょうよ！」

「拒否する！」

聞くからに面倒そうだ。

え……と冬月が停止した。

「だって、悔しいじゃないですか」

こちらとしてはまったくもってそんなことはないのだが、冬月は止まらない。

「そうだ！　浅草橋《あさくさばし》に花火専門店があるそうなんです」

「断固拒否する」

「もうひと声！」

「もうひと声ってなんだよ」

「かけるくんは良い人だなあ」

「え。行くことにされてる？」

ぷっ、と冬月が笑う。

あらかた笑って、そしてにこっと笑顔を作って、こう言った。

「栞、失くしましたよね」

え……と今度はこっちが停止した。もしかして、断れない流れなのか。

「お願いします」

再度、にこっとされる。

結局、こちらが折れる形になって、「いつ行きましょうか」とへりくだりながら言っていた。

3．恋

家賃一万円の激安寮にクーラーはない。設備を整えようにも各階が使える電力の上限が低く、少しの負荷でブレーカーが落ちてしまうのだ。

ワンフロアには十畳の部屋がいくつもずらっと並んでいて、そのうち、二か所以上で同時に炊飯するとブレーカーが落ちるほどだ。この寮では、「何時ごろに米を炊くか」という情報のやりとりが、寮生の間で頻繁《ひんぱん》に行われている。

もちろん風呂《ふろ》とトイレは部屋にない。共同トイレがあり、大浴場とシャワールームがある。大浴場は夜間の限られた時間のみ利用でき、シャワールームはいつでも利用できる。各部屋にはシングルベッドと学習机、そして冷蔵庫が備え付けられている。

僕たちの部屋は、インテリアに無頓着な僕に代わって、鳴海《なるみ》が僕のベッドシーツの色まで決めていた。こげ茶色のカーペット、チャコールのベッドシーツ、グレーのカーテン、落ち着いた配色である。観葉植物とダウンライトが設置され、建屋の外見こそ廃墟《はいきょ》同然だが、部屋の中はオシャレ空間そのものだった。

＊

朝七時。

鳴海が炊飯ジャーのスイッチを押したとき、僕は起き上がってタオル片手にシャワールームに向かった。窓を全開にしていたが、昨夜は無風で蒸し暑かった。だれかがブレーカーを落としたのだろうか、扇風機すら止まっていた。

「どないしたん」

するどい言葉にぎくりとする。

「……いや」

「わるい。空野《そらの》も男やんな」

「馬鹿《ばか》にしてる？」

「女に会う前にシャワー浴びてるだけでこんな初心《うぶ》に見えるて、ホンマ羨《うらや》ましいで」

「やっぱ馬鹿にしてる」

してへんしてへん、と鳴海は手を振る。

「どこが好きなん？」

「好きとかちげえし」

「あらやだ、かわいい」

「やっぱ馬鹿にしてる！」

してへんしてへん、と鳴海は大笑いしていた。

「冬月《ふゆつき》が付き添ってほしいっていうんだけどさ」

と、前置きして一応確認してみた。

「鳴海もついてくる？」

鳴海は眉間にしわを寄せ、こっちを見てくる。

「うわ、チキン」

「うるさい」

「チキンチキンチキン」

「うるさいうるさいうるさい」

「まあ俺《おれ》、今日バイトや」

「夜からだろ？」

「空野って冬月と付き合いたいんちゃうん？　ふつうにそう思ってたわ」

「え。ただ話すってだけで、そんなの考えたことないし」

「そうかー？」

「やっぱり目のこと、いまだにどう扱っていいかわかんないし。っていうか鳴海ほどうまくできているか自信ないし」

「扱いってなんやねん」

鳴海にしてはめずらしく、ムッとした声が返ってきた。

「なんか、ごめん。言い方がわるかった。なんというか、ふつうに接しているっていうか」

「空野もふつうにしたらええんちゃうん？」

「そのふつうっていうのがわかんないんだよ」

目のことを触れずに会話をすべきなのか、相手が歩きやすいように道を選んであげるのがいいのか、手を添えた方がいいのか、それともすべて質問して、確認するのがいいのか。

この際だからと、気になっていたことすべて鳴海に聞いた。すると、端的にこう返ってきた。

「聞けばいいいんちゃうん」

「微妙な空気になるのいやじゃん」

がしがしと頭をかきながら鳴海は答えた。

「俺も経験あるけどな、そうやって距離置かれる方がきついで」

＊

寮を出てすぐのコンビニでホットスナックのチキンを買った。鳴海にチキンと言われたときから食べたくなっていた。

チキンを食べながら月島《つきしま》の方に歩いていく。空は青く、雲がゆっくりと流れている。相生橋《あいおいばし》を渡るとき、広い水面《みなも》を見やった。隅田川《すみだがわ》が海に変わる場所で、魚が一匹跳ねていた。水面がゆらゆらと揺れ、銀色に光っている。

故郷の下関《しものせき》で見ていた関門海峡《かんもんかいきょう》の流れの速い海は、いいこと、わるいこと、すべてを流してしまうような、どこかさっぱりとした雰囲気があった。ところが東京《とうきょう》のゆったりとした海は、すべてを留《とど》めるような海だと思った。ああ、こうやって東京に人が集まってくるのかあ、なんて、根拠のない感慨にひたった。

集合時間は九時。五分前には到着するように向かっていた。

冬月にマンションの前まで迎えに行くと言うと「それだとデートっぽくないじゃないですか」と反論された。「いっしょに買い物に行くだけ」と言うと、「それをデートって言うんですよ」と笑われた。結局、冬月は相生橋のたもとで待ち合わせると言って聞かなかった。

相生橋を渡りながら銀色に光る海を見ていると、強い照り返しの光に目がくらんでしまった。目が痛いとふっと目線を上げると、冬月はすでに橋のたもとにいた。

橋のたもとには木々が植わっていて、やさしげな木陰をつくっている。葉っぱの隙間《すきま》から晴れの日差しが冬月に降《ふ》り注《そそ》いでいた。冬月は白いブラウスに透け感のあるスカートを着て、革の鞄《かばん》を肩にかけている。黙って佇《たたず》んでいる冬月は、くらんだ視界に相まって、なんだか透き通っているように見えた。息を呑《の》むほど……きれいな人だと、思ってしまった。

「冬月。空野です。お待たせ。待たせた?」

よくあるデートプランの男女逆の台詞《せりふ》。

「もう二時間は待ちました」

「それは冬月がわるくない?」

「いえ、かけるくんのせいです」

冗談ですよ、と冬月は笑って、行きましょうかと言った。

「じゃあ、月島駅はこっちだから」

「こっちって？」

「ごめん。右手に進むよ」

いつもなら、こっちあっちで指をさしたら伝わる。冬月にはそれが伝わらない。

たとえば、歩いていて横顔をじっと見ていても、冬月はそれに気づけない。

『冬月と付き合いたいんちゃうん？』

ふと鳴海の言葉がよみがえった。

目が見えない人と付き合う。

直感的に、大変そう、と思ってしまう。

だから僕は、冬月を恋愛対象として見たことがなかった。

それがどれだけ失礼なことか。それはわかる。

けど、まあ、僕から向けられる好意なんてなんの価値もないんだろう。

そんな言い訳をしたら心が痛んだ。

「場所、わかります？」

「あ、うん」

「楽しみです」

そう言って、いきなりのことだった、冬月は歩きながら軽くはねたのだ。

――そう。スキップした。

「え」

「はい？」

僕の声の方へふりかえる冬月。

「スキップできるの？」

「かけるくんだって、目をつむってスキップぐらいできるでしょ？」

拍子抜けするくらい楽しそうな冬月に、「はは」と声が漏《も》れてしまった。

「なんで笑うんですか」

眉間を寄せる冬月に、「ごめんごめん」と言って、僕たちは出発した。

『私たちで花火をしましょう』

罪滅ぼしにしてはあまりにも特殊な依頼だった。

僕たちは浅草橋《あさくさばし》にある花火専門店へ向かって地下鉄の都営大江戸《おおえど》線に揺られている。都営大江戸線に乗って大門《だいもん》へ。そこから都営浅草《あさくさ》線に乗り換えて浅草橋へ行く算段だ。最短経路よりも冬月のことを考えて一番乗り換えが楽そうな経路を選んだ。

電車内では、白杖《はくじょう》を持つ人間が席を譲ってもらえるわけではないと、本日それがわかった。世知辛いなあなんて思っていると、おばあちゃんがどうぞと席を立った。

冬月は「いつも立っていますから」と笑顔を送っていた。

電車のドア脇《わき》の隙間に冬月をはめるように連れて行って向き合った。

「なんだか誘導してもらって、ありがとうございます」

「いや、気にしなくても」

冬月が僕の方に顔を向けて黙っている。

「どうしたの？」

「かけるくんって紳士なんだなって思っちゃいました」

「なにが？」

「ちゃんと人が混まない場所に誘導してくれたんですよね」

「ちがっ！」

違わなくはないけど、とにかく、違う！　と否定したかった。

声を上げた瞬間、冬月にくすくすと笑われてしまい、否定するタイミングを逃してしまった。

冬月と向き合うと、なんだか照れる。

単純に美人だからか、僕にはない性格をしていて一種の尊敬になっているのか、とにかく、冬月を見ると鼓動が速くなる。

ガタンガタンと電車の走る音がする。等間隔に並んだ地下鉄のライトが窓の外で流れていくたび、冬月の顔をわずかに照らした。走行音に負けないように大きめな声を出した。

「前から思っていたけど、なんで花火がしたいの？」

「昔から好きなんですよ」

にこりと冬月が笑う。

「けど、今は見えないからさ。気になって」

「花火って、目で楽しむだけじゃないんですよ？」

「いや、そうだけどさ」

「バンと音がして、火薬の匂《にお》いがして、みんながわーって言うんです。今度、かけるくんも目をつむって、花火を楽しんでみてください。きっと全身で味わえますよ」

「そんな上級者の楽しみ方は遠慮しておくよ。僕はしゃがんで線香花火をじっと見るので十分」

「あ、線香花火もいいですね。あったら買いましょうか」

「好きだね〜」

感心すると、冬月は目を細めて、やさしい声を出した。

「昔、家族でよく見にいったんです」

「打ち上げ花火？」

「目が見えていたころですよ。おかあさんとおとうさんと」

「そういう思い出があるから花火がしたいんだ」

そう納得すると、冬月は「ごめんなさい。そういう意味じゃなくて」と言う。

「花火がしたい！　って強く思うようになったのは、目が見えなくなってからなんです」

「どういう意味？」

「まあ、なんでしょう、がんばりたい！　って思うんですよね」

「なんじゃそりゃ」

よくわからずつっこむと、電車は汐留《しおどめ》駅に止まり、人がぞろぞろと乗ってきた。混み始めて背中が押されてしまった。

冬月とぐっと距離が近くなる。

「もしかして混みました？」

冬月に聞かれて、「なんで？」と聞いた。見えないのになぜわかるのだろうと。

「いえ。声が近くなったので」

至近距離に冬月の顔がある。目がぱちくりとしていた。

「いや別に」

「守ってくれて、ありがとうございます」

息がかかりそうなほどの距離感で冬月は僕に笑いかけてくる。

僕は自分の息が冬月にかからないよう、電車が到着するまでなるべく息を止めた。

通常三十分ぐらいで着く経路だが、冬月はあまり早く歩けないため、浅草橋までは一時間ほどで到着した。

「疲れた?」

「平気ですよ」

「……僕は疲れたよ」

「なにか言いました?」

「行こう」

冬月は白杖で地面を叩きながら黄色い点字ブロックの上を歩いている。目をつむって自分も歩けるだろうか。無理だな。一瞬でその結論に達する。

「左に曲がるよ」

事前に目的地は調べていた。スマホ片手に冬月を案内していく。

正面から歩いてくる男がいる。その男もスマホの画面を見ながら歩いている。なんとなく嫌な予感がした。まずい、と思って冬月の腕を摑《つか》んだ瞬間、男はドン、と冬月にぶつかった。

男は冬月を一瞥《いちべつ》だけして去っていく。

はあ?

と、さすがに頭に血が上った。

ぶつかっておいてチラ見だけってなんだよ。

見えないのわかんないのかよ！

叫びそうになったとき、冬月が僕の袖口《そでぐち》をギュッと握って、「いいです」と顔を横に振った。

「けどさ」

「いいんです」

――よくあることですから。

そう、冬月は続けた。

まだ腹が立っていた。「けどさ」と反論すると、

「スマートフォンを持っていたんでしょ？　きっと大事な人から連絡が入ったんですよ」

冬月は笑ったのだ。「声が尖《とが》っていますよ。そんなに怒んないでください」と、そう言って、笑ったのだ。

冬月は、なんで、こんなに強いのだろう。

どこか諭された気分になって「わかった」となにがわかったのか、曖昧《あいまい》な返事をする。

怒りがほどけていくことがわかる。

同時に、「見えない」と叫びそうになったことに胸が締め付けられた。

自分が頭に血が上っただけで、どれほど無神経なことを口走りそうになったのだろう。

少し疲れた顔をする冬月に「カフェでも入る？」と小休憩を提案した。

近くにあった愛知《あいち》県発祥のコーヒーチェーン店に入ると、「いらっしゃいませー」とにこに

こした店員に席に通された。席に座ると、別のにこにこした店員がオーダーを取りに来た。その店員と目が合って、固まる。

「早瀬《はやせ》？」

三角巾を頭に巻いたエプロン姿の早瀬優子《ゆうこ》である。

「え。え。今日どうしたの？」

目をぱちくりする早瀬。

「あー、小春《こはる》ちゃーん」

「あ、優子ちゃんだ。おはよう」

声に反応して微笑《ほほえ》む冬月。声がワントーン高くなった。

「空野くんが、小春ちゃんとねぇ」

ははん、とわけ知り顔をする早瀬に、「アイスコーヒー、Cセット」と伝える。

「そんな急いでオーダーしなくていいじゃん」

「バイト中だろ」

そう言うと、冬月がくすくす笑った。

はいはい、と早瀬は伝票を書く。

「今日はどうしたの？」

「花火したいんだって」

そう答えると、「花火ぃ？」と返ってきた。

まあそうだろう。

「優子ちゃんもやりますか？　花火」

「えー、私もやりたい！　いつするの？」

「いつにしましょうか」となぜかパスされる。

「え。僕に聞く？」

ちいさな手を口に添えて、やさしく笑う冬月。笑顔にどきりとさせられる。

「今日は一番大きな打ち上げ花火を買いに来たのです」

むん、とはりきる冬月につっこみをいれる。

「予算は百万だって」

「冬月財閥をなめないでください」

「え」「ほんと？」

僕と早瀬の声が被ると、「あはは」と冬月が笑った。

そんないつものやりとりに、早瀬が目を見開いて驚いていた。

「ってか、いつからそんなに仲良くなったの」

「仲良くみえます？　空野さんって、いつも、ぶすっとしていませんか？」

「いや、今はニヤついてるよ」

早瀬が歪曲《わいきょく》させたことをおっしゃりやがった。

「そうなんですか！　顔、触らせてください！」

「いやだよ！　それより、ほら、注文注文」

顔を触らせろの意図はいまいち汲《く》めなかったが、それよりも、いつまでも早瀬をこの場に留めるわけにはいかないだろう。

「すみません。メニューが見えなくて」

代わりにメニューを見ていると、早瀬がアイスミルクティーをすすめてきた。愛知らしいというべきか、通常の倍の量はあろうかといったサービス精神旺盛なミルクティーである。

「こんな大きいサイズ、飲める？」

メニューの写真を指で差してみたが、ハテナな顔をされた。

ごめんと謝ると、そのごめんもハテナな顔をされる。

「あ、ごめん」

……こういうところだ。

対応を間違えてバツがわるくなる。それが好きじゃない。

「ホットのミルクティーならふつうのサイズだよ」

早瀬の言葉に、冬月が「じゃあそれで」と微笑んだ。

その後、早瀬がオーダーを持ってきてくれた。早瀬のサービスだろうか、ゆでたまごが無料でついていた。テーブルにはコーヒーとミルクティー、分厚いトースト、トースト用のバターとあずき、ゆでたまごが並ぶ。「ありがとう」と言うと、「ごゆっくり」と早瀬は手を振り去っていく。

冬月はゆっくりとテーブルに手を伸ばした。

「正面にあるよ。ミルクティー」

トーストにバターを塗りながら言うと、「大丈夫ですよ」と返ってきた。ゆっくりとした手つきでカップの受け皿を触る。カップの取っ手に指を通し、両手でゆっくりと持ち上げた。少しすすって、「熱い、です」と舌を出した。

「気をつけなよ」

「おいしいですよ」

えへへ、と笑う冬月は、なんというか、ふつうに、というか、反則だと思った。

なんだろう。冬月とは「目が合う」というイベントは発生しない。それでもときどき、視線が合った感覚がする。そのたびに緊張して、胸が苦しくなる自分がいる。

バターを塗ったトーストに、あずきを塗りたくることに専念していると、気づけばあずきが山盛りになっていた。

「冬月は食べなくていいの？」

「いえいえ。気にしなくて大丈夫ですよ」

「ひとくち食べる？」

「あーんってしてくれるんですか？」

「いやだ」

「けち」

「今日、昼ご飯どうする？」

「実は私、食べられるところを見られるの、苦手なんです」

「あーそういう女子は多いって聞いたことがある」

「いえ、そういう」

と、ここまで言いかけて、ふふ、と表情を綻《ほころ》ばせた。

「そういう女の子扱いは、うれしいです」

冬月の笑顔を見ると気恥ずかしくなって、ザクっとトーストをかじってごまかした。食べ終わるまで、ずっとにこにこと冬月は微笑んでいた。

こういうところだ。

その笑顔は、ずるい。

「ねえ」

僕は決心して声を出した。

今なら大丈夫かなって、ずっと気になっていたことを聞くことにした。

「言いたくなかったら言わなくて大丈夫なんだけど」

コーヒーチェーン店を出たあとは、ふたりで花火の専門店を回った。

店には多種多様な手持ち花火や、五十センチはある家庭用にしては巨大な打ち上げ花火など、さすが専門店といった品揃《しなぞろ》えだった。

何店舗か花火を見て説明して、冬月が欲しいと言ったものを買っていった。結構な量になってしまい、ビニール袋はずしっと重い。

「本当に持って帰ってもらっていいんですか?」

「いいよ。大学で上げられるかもだし、寮に置いていた方が近いから」

「ありがとうございます」

浅草橋の花火問屋の前で話していると、入店していく他の客の邪魔になっていたので、冬月と街路樹の下に移動した。

「ね、いつ打ち上げましょう」

となりの冬月は跳《は》ねそうなほどうれしそうにしている。

「そもそも大学で打ち上げるのって許可とかいるのかな」

優子ちゃんに聞いてみましょうか、と冬月が真横で大きい声を出す。うれしいのはわかったから落ち着こう、そう言おうとしたけど、空を仰いで目を爛々《らんらん》とさせる冬月を見て、言葉を飲み込むしかなかった。

「じゃあ、花火も買ったし、これからどうする？」

「え。まだデートしてくれるんですか？」

「だからデートじゃ……」

「冗談ですよ。それより花火が重たいですよね。結構な荷物になっていると思うので、今日はおとなしく帰りましょうか」

買った花火で片手が塞《ふさ》がっていた。それを察してくれたのだろう。

「たしかに、この量の花火を持ってうろついていたら危険物所持で警察に止められるかもな」

「もしかして共犯にされますか？」

「この場合だと冬月が主犯でしょ」

「もう、すぐそんな冗談を言う」

鈴が鳴るような声で笑う冬月。冬月を笑わせることがなんだか楽しくなっている自分がいる。

「じゃあ、水上バスで帰りませんか」

「水上バス？」

僕の地元にも対岸の門司港《もじこう》までつながるフェリーが通っている。東京もそういった水上交通があるのかと意外に思った。

冬月が言うには、浅草から隅田川を通って東京湾のお台場《だいば》まで運航している水上バスがあるそうだ。昔、乗ったことがあるとかで、その水上バスでこのあたりから月島あたりまで帰れるから、ぜひ乗って帰りたいと言うのだ。

乗れるの？

と、一瞬聞きそうになって、やめた。

目が見えなくても船に乗れるだろうし、船が水を切る音を感じたり、風を感じたり、そういう楽しみ方もあるのだろう。

「ちょっと待って、調べるから」

スマホを取り出して乗り場を探すと案外近くに乗り場があった。

「あ、蔵前橋《くらまえばし》を渡って両国《りょうごく》に乗り場があるね。大学あたりに着くみたい」

ありがとうございます、と頰《ほお》を緩ませる冬月に、「なに？」って聞いた。

「調べてくれてやさしいなあって」

そんなことを言って微笑むので、冬月の顔が見られなくなった。

「いやいやふつうでしょ」

「これをふつうと言えるのは、やさしさライセンス二級レベルですよ」

「なんだそのライセンス」

ふふ、と笑う冬月を連れて、水上バス乗り場に向かった。

ふたりで冗談を言いながら歩いているとすぐに着いた。水上バスの建屋で発券をして、建屋の裏にある発着場で水上バスに乗り込んだ。

水上バスは船尾から乗り込むようになっていて、船内に向かう下りのスロープと上りの階段があった。スロープの先の船内には座席が並べられていて、階段を上がると隅田川を一望できる屋上デッキがあるそうだ。

「どっちがいい?」と聞くと、冬月は迷わず「屋上デッキで!」と答えた。

狭い船の階段をのぼるには、僕が先に進み、冬月の手を取るしかなかった。

「かけるくんの手ってほんと温かいですよね」

「いいから、足を打ったら痛いよ」

呑気《のんき》な冬月はえへへと笑っている。

屋上デッキは座席がなく、正方形状の手すりに囲まれている。

他の乗客は船内に向かったようで、運良く屋上デッキは貸し切り状態だった。

「ほら、正面の腰の高さに手すりがあるから、そこを持って」

ボボボと低いエンジン音がする。水の動きと合わせてわずかに揺れている気がする。

船首を向いた正面の位置に冬月を誘導して手すりを握ってもらった。

「ありがとうございます。楽しみだな〜」

「ほんと楽しそうだな」

「楽しいですよ。こんなこと、してもらえると思っていなかったので」

「まあ、僕で」

そう言いかけて、やめた。

僕でいいならいつでも付き合うよ。

無意識にそんな台詞を言おうとしていた自分に気づき首を傾《かし》げた。大学の外で会ってもいいと思ったのだろうか。冬月となら、もっと関《かか》わってもいいと思ったのだろうか。

わからない。見当がつかなかった。

ふと目の前を見ると、隅田川の水面が広がっていた。

真夏の雨上がりのようなむわっとした水の匂いに、船の燃料だろうか、石油の匂いがした。

少し臭い一方で、隅田川の水は空の青を映している。それは単純にきれいだと思った。

「きれいですか」

冬月の声がして、つい無言だったことに気づく。無言であることで、見えない冬月にはこの空を映すきれいな水面は見えなかったのかと思うと、残念に感じた。

「景色、見えないよね」

「見えないですけど、楽しいですよ。まだ目が見えているとき、たぶん、同じ場所で景色を見たことがあります。その景色を思い出していました」

「そのときはどんな景色だったの？」

「うーん、曇っていた気がします」

「今日はすごく晴れていてさ、空も青いんだよ。その青色が水面に映っていて、すごくきれい」

くるっと冬月は僕の方を向いてきた。

「見えない私に、言わずともそういうことを教えてくれるって、やさしいですね」

「今日、やさしさライセンス二級を与えられたからな」

そう言うと、冬月は、あはは、と笑っていた。

そのときだ。船内から出発のアナウンスが流れた。

「しっかり摑まっててよ」

「任せてください」

片手を手すりから離してグッとこぶしを作る冬月に、「だから摑まって」とつっこむと冬月はまた笑っていた。

水上バスは思ったよりも速いスピードで隅田川をかき分けるように進んでいく。正面から強い風が吹き付けて、大きなエンジン音がしている。船が作る波に合わせ船体はゆっくりと左右に揺れる。ときどき、ちいさな水しぶきが舞い、頰にあたって気持ちがよかった。

「風が気持ちいいね」

「ですね。乗せてくれてありがとうございます」

広い隅田川を水上バスは進む。隅田川の両サイドにはビル群が建っていて、ときどき川辺に公園があって緑が見える。日は高い。橋をくぐる。高速道路の高架下をくぐる。

流れる景色を冬月にすべて説明した。僕が見ていること、感じること、冬月にもわかるように説明した。

「おお！」

「どうしたんですか？」

「目の前の橋の側面に永代橋《えいたいばし》ってあるから、永代橋っていう橋なんだろうけど、他の橋より低いんだ。頭をぶつけるかもしれないからしゃがんで！」

手すりを持ったまま冬月がしゃがむ。僕もしゃがむ。頭の上を永代橋が過ぎていく。

「ごめん、思ったより低くなかった。全然ぶつけないや」

しゃがんだまま冬月と向き合うと、思ったよりも顔が近かった。

「なんですかそれ」

にこにこの冬月。ここまで楽しそうにされると、また次も、と思ってしまう。

ああ、これか。と、気がついた。

いつもにこにこして、あははと笑うそんな人は、人を惹《ひ》きつけるのか。

すごいな、と思う。見えない状況にこんなに笑えるなんて。

なんだろう、冬月がきらきらした人間に見えてくる。

至近距離に笑う冬月の顔。ざぶんと水上バスが水を切る大きな音がして、大きな音に僕の鼓動は高鳴った。冬月の後ろの水面は、日に照らされ、きらきらとたゆたっている。

恥ずかしさが胸にこみ上げて、目をそらして立ち上がった。

「東京湾に出たのかな」

目の前に広い海面が広がっていた。わずかに海の匂いが混ざり始めた。

「そろそろ到着ですかね」

「角度的に大学は見えないけど」

船が左に舵《かじ》を切る。そろそろ越中島《えっちゅうじま》に着くのだろう。

そのときだ。

水上バスが波にぶつかり少し揺れた。体勢を崩しそうになった冬月の肩を片手で支えていた。

冬月の肩はやわらかくて、まるで真綿を抱いたかのような感触だった。

「きゃっ」

「あ、ご、ごめん」

急に触ってごめん、そう謝った。

いえ大丈夫です、そう冬月は言って、

「すっごい楽しいです」

腕の中でそんなふうに笑う冬月を見て、不覚にもドキッとする自分がいた。


♪

「ただいま〜」

月島のマンション、四十六階にある自宅に戻った私は、「楽しかったー」と口にしていた。

手すりを伝って、玄関からのドアを数える。二番目が自分の部屋だ。

カフェを出てからは、かけるくんと浅草橋の花火問屋を何軒もはしごすることになった。くたくたになるまで歩いて、最後は水上バスにまで付き合ってもらって、たくさん笑わせてもらった。

壁伝いにスイッチを探し、電気をつける。部屋の電気がついても視覚的にはわからない。これはただの癖《くせ》。部屋の電気がついたと思うと、なんとなく帰ったって気になる。

「おかえり〜。ご飯食べてないでしょ」

おかあさんの声がした。

「ただいま〜。今日のごはんなに？」

「天ぷらにしようと思うの」

「やった！」

一日中歩いておなかはペコペコだった。

私は人並みにおなかがすく。

おなかはすくんだけど、どうしても人前で食事をすることは苦手だ。

もちろん家ではだれの助けも借りずに食べる。おかあさんに料理の場所を教えてもらって、手探りにお皿を触って、食べ物を口に運ぶ。

もう慣れたけど、もし口元が汚れたらと考えると、どうしても気になってしまう。

かけるくんの前なら、余計に気にしてしまうのだ。

「デートは成功したのかしら？」

「なんでデートだってわかったの？」

「いつもより丁寧にメイクして、なんども洋服を着替えたじゃない」

自分の顔と記憶を頼りに、メイクは自分でする。指から伝わる生地感と、おかあさんから教えてもらった色味を頼りに、自分を自分で着せ替える。最終的にはおかあさんに確認してもらうけど、私は私を彩《いろど》れる。

今日は、いつもより気合いが入っていた。

かけるくんによく見られたくて、いつもより早起きした。というより目が覚めた。

シャワーを浴びて、時間をかけて支度《したく》をした。

大変だとは思わなかった。

むしろ、よく見られたい、そう思うだけで楽しくて楽しくて。

支度だけでこんなに楽しくて、かけるくんに会ったらどうなるんだろう。

そんなことを感じてしまった。

「にこにこしているわよ」

おかあさんの笑った声がした。

かけるくんとのデートを思い出して口角が上がっていたのだ。

恥ずかしさがこみ上げてきて、「にこにこしてないよ～」とごまかしてしまった。

かけるくんも見たこともないような花火がたくさんあって、どんな見た目か、説明文や注釈にどんなことが書かれてあるか、全部説明してくれた。最後の方はしゃべりすぎて声がかすれていたくらいだ。

そういうところが彼のやさしいところだと思う。

わずか半日にも満たない短いデートだった。

私のために時間を作ってくれたこと、いっしょにいられたこと、それがうれしくて胸が躍った。

かけるくんはたまにとてもやさしい声を出す。

傷つけないように、傷つけないように、そんな声を出すときがある。

「言いたくなかったら言わなくて大丈夫なんだけど」

と、言われたとき、そんなことを感じた。

目が見えなくて、大変そう。

外に出て大丈夫なんだ。

世の中には、そんなことを言う人も、いる。
残念だけど、いる。
それだけ目が見えないってことはめずらしいんだと思う。
みんな、慣れていないいんだと思う。
そんなみんなに、私は「ふつうだよ」って言いたい。
たしかに、目が見えなくなるってわかったときはショックだった。
けれど、時間がたてば慣れて受け入れられるもので。
ごはんも食べられるし、お風呂も入れる。
スマホも使えるし、オーディオブックで本も読める。
メイクやおしゃれもできるし、スカートだって穿《は》く。
点字ブロックが歩きづらいからヒールが細い靴は選べない。
けど、ブーツだってサンダルだって履く。
案外、ふつうに生きている。
ひとりでできないことも多いけれど、それでもなんとかなっている。
できないときは、素直に人に頼ることができるようになった。
そうして仲良くなった人もいる。
だから、そんなに心配しないでほしい、と思う。

見えない私でも、やりたいことであふれている。

なのに、大変そうと思われてしまう。

大変そうと思われて、距離を置かれる。

それが一番、かなしい。

そう考えると、かけるくんは違った。

「その、目が見えないって、どういう見え方なの？　暗闇《くらやみ》だったりするの？」

わかろうとしてくれた。

「んーと」と答えると「やっぱり言いたくなかったら」とたじろぐ声がしたので、こっちが笑ってしまったくらいだ。

「真っ黒って思われがちですけど、私の場合、逆です」

「逆？」

「白に似た、透明なもやの中っていうのでしょうか」

「へー」

また出た。へー。癖なんだろうか。かわいい。

なんて言おうかちゃんと考えてくれる、へー。そういうところがいいなって思える。

「これも言いたくなかったら言わなくていいんだけど」

「いえ。どんとこいです」

「いつから、目が見えないの？」


小学六年のとき、がんが見つかった。

脳に小指の爪《つめ》ほどの小さな腫瘍ができていると言われた。

初めての手術はあっけなかった。もう終わったの？　って。

だけど。

中学三年のとき、がんの転移が見つかった。

それは両目の網膜にできたものだった。

両目を摘出するか、
眼球を温存して手術と抗がん剤治療をするか、
選択を迫られた。

温存策を選択し、手術をして、抗がん剤治療を行った。

このときもしばらく入院して、卒業式は出られなかった。

「抗がん剤がこれまたつらくてですね。髪の毛が抜けて、ぼうってして記憶も混濁して」

なんとなく、かけるくんには全部聞いてほしかった。

だから、全部話した。

「それから視力がなくなっちゃいました。点字を覚えて、勉強して、四年がかりで高卒認定資格を取って。実は私、かけるくんのいっこ上なんです。ちゃんと敬ってください」

全部話して、最後は冗談を言っていた。重い話に耐えられなくなったのは私の方だった。

勇気のいるカミングアウトだった。いっこ上なんて言わなくてよかったかなあなんて、後悔したときだった。かけるくんは「へー」とそっけなく反応して、やさしい声で続けてくれた。

「冬月って誕生日いつだっけ？」

「三月二十八日ですけど」

「僕、四月二日。あんまり変わんないじゃん」

五日の年上なんて、タメで十分。

と、かけるくんは言ってくれた。

大変だったね。

がんばったね。

そういう言葉で同情されたいわけじゃない。

かわいそうと思われたいわけじゃない。

ただフラットに、聞いてほしいだけなのだ。

かけるくんはそれをちゃんとわかってくれる人なんだと思った。

これだ。これなんだ。

この、やさしさが、たまらない。
「かけるくんって」
「ん?」
「やさしいですよね」
そう言うと、かけるくんは声を裏返して否定してきた。
慌てる声がかわいい。
そういうところが好き。
あたりまえのように、そっと気遣ってくれるところが好き。
温かい手が好き。
高い声が好き。
笑わせてくれるところが好き。
やさしいところが好き。
顔が見えたらよかったのに、なんて、少しは思う。
きっと、顔が見えたとしても、きっときっと、私は好きになる。
かけるくんが好き。
だけど、ふと思う。
好きと打ち明けることが怖い。

障がい者はやっぱり嫌だろうか。そんなことを考える。
かけるくんはそんな人じゃない。
そう思いつつも、たまらなく不安で、たまらなく怖い。
だけど。
目が見えていたらどうだろう。
健常者だったならどうだろう。
それでもやっぱり、やっぱり、怖いんだと思う。
そうか。
告白って、そもそもこんなに怖いんだ。
思わずうれしくなって頬が緩む。そういうことが知れたことがうれしい。
うれしい。こういう体になっても恋を知れて。
かけるくんはどう思ってくれているだろうか。告白してきてくれないかな。
私から告白した方がいいんだろうか。断られたらどうしよう。
ＬＩＮＥを交換しても、かけるくんから連絡してくれたこともないし。
ふふ。笑ってしまう。
楽しくて、楽しくて、苦しい。胸が張り裂けそう。
どうしようもなく、うれしくて、つらくて。

「……かけるくん」

ぐちゃぐちゃの感情を抱きしめて、私は泣いていた。

＊

実をいうと、激安一万円寮を今すぐにでも退寮してやろうと思うような事案があった。

ふたり部屋、よく落ちるブレーカー、風呂トイレ別。そんな瑣末《さまつ》な問題はすでに克服した。

では、それはなにか。

カッター訓練。

寮の伝統だの百年続くだの黒船襲来のときから始まっただの、尾びれ背びれ胸びれまでついた寮生全員に強制的に課される訓練だ。

寮生は朝五時までに晴海《はるみ》ふ頭に集合し、カッターと呼ばれる小型船舶に乗る。そして朝日が昇るまでエイサーホイサーの掛け声でひたすら漕《こ》ぎ続け、東京湾岸部をぐるぐる旋回させられるのだ。あるものは手に血豆ができ、またあるものは尻《しり》の皮がむけるという。時代錯誤も甚だしい風習だ。

それもこれも、六月頭に行われる学祭にて寮生によるカッター乗船体験を催すためだった。

カッター乗船体験とは、通常ふたり×六列で漕ぐカッターを、三列まで漕ぎ手を減らし、余った座席に学祭来場者を乗せ、越中島、月島、豊洲《とよす》に囲まれた三角海域から、春海橋《はるみばし》をくぐり、その先でぐるっと一周する、学祭で一、二を争うほど人気な催しだ。

まず漕ぎ手が半分にされる時点で負荷は計り知れない。その上で、来場者が乗り込むため、船は鉛の海でも漕いでいるかのように重くなる。それを土日の学祭期間中、昼休憩を挟みつつも、午前十一時から午後四時まで一時間おきに一日四回も船を漕がされるものだから、もはや苦行を通り越して地獄だ。腕、肩、腰は重い筋肉痛になること必須。この一連の地獄を耐えきると、少しばかり体ががっしりするらしい。ムキムキボディに興味がない僕からすれば、退寮どころか実家に帰ってひきこもってやろうかと本気で考えるような事案であった。

そして大学祭当日。

残すところは最終乗船まで耐え抜いていた。よくここまで耐えきった。ようやくこの地獄から解放される……。そう安堵《あんど》しながらの最後の乗船。

横には、回数を重ねるにつれ、どんどん体ががっしりしていく鳴海。前の座席には、ライフジャケットを着た笑顔の女性がふたり座っていた。

「かけるくん、がんばれ～」と冬月。

「ちょっと！　右に曲がってない？」と早瀬。

なぜふたりがいる。

「空野！　きばれや！」と鳴海。

「鳴海が力入れすぎなんだよ！」

「きゃっ」冬月が小さく声を上げた。

「冬月、大丈夫？　怖くない？」

目が見えず大丈夫だろうか。やはり、そんなことを心配してしまう。

しかし、当の本人と言えば、

「超楽しいですよ！」

がんばれ、がんばれ、かけるくん！　がんばれ、がんばれ、かけるくん！

と、こっちが呆気にとられるくらいはしゃいでいた。

「なんでそんなに楽しそうなの？」

「潮の匂いも風も、すごく気持ちいいんです！　楽しい以外なにがあるんですか！」

しぶきが上がった。頬に冷たい感触がして、強い潮の匂いがした。

細かな雫《しずく》に、光が差して、きらきらと輝いた。

そこに冬月はいた。笑顔の冬月がいた。

なぜだろう。その笑顔に惹かれた。

「そやそや！　海は男のロマンやで！　これで滾《たぎ》らず、いつ滾る！」

鳴海が「エイサー」と叫びオールを海面から出した。ぐっとハンドルを押し込む。僕も同じ姿勢を取る。「ホイサー」の掛け声で全身を使ってハンドルを引き寄せた。着水したオールが勢いよく水をかく。推進力を得た舟が、かくんと前に進んだ。

舟が生む慣性に、前後に揺れながら「すごーい」と冬月は笑った。

滾り一〇〇パーセントの鳴海が「エイサー！」と大声を上げた。まじかよ、と辟易《へきえき》しながら、エイサーに付き合う。

「これが終わったら、大学を辞めて実家で野菜とか育てるんだ……」

死亡フラグっぽく言ってみると、「大学辞めちゃうんですか！」と目の前の純朴少女が釣れた。

「小春ちゃん違うよ。馬鹿な冗談には付き合っちゃダメ」

先ほどから早瀬がぎゅっと冬月の手を握っている。そして顔色が青白い。

「おいおい、早瀬（ホイサー！）丈夫かよ」

「なにか言った⁉」

大丈夫と気遣う言葉が鳴海のホイサーにかき消されたのか、早瀬が不機嫌に聞き返してくる。

「早瀬！　大丈（エイサー！）」鳴海の声が被る。

「なんて⁉」

「ホイサー！」鳴海うるさい。

「大丈夫かって！」

「（エイサー！）丈夫じゃない！」また被ってきた。

さっきから鳴海の声がすごい。会話に被ってくる被ってくる。

オールを海面と平行にして、船尾に座る舵役の先輩に進言することにした。

「船酔いがいるんでゆっくり進みましょう」

全員漕ぎ方やめーい、という言葉に全員がオールを上げ、漕ぐのをやめる。

「ありがとう」と早瀬。

「やさしいですね」と冬月。

「すまんすまん、テンション上がってたわ」と鳴海。

舟はゆっくりと進む。海面から見ると月島の高層マンションがより高く感じられる。海に日が差し込んで、海が揺れる鏡みたいに輝いている。やさしい風が吹き、冬月は髪を押さえながら風を浴びていた。

気づけば、そんな冬月に見蕩《みと》れていた。意識すると気恥ずかしく、無意識だったと思うと、それもまた顔から火が出そうになる。

「知ってましたか」

目を細めてやさしく笑う冬月。

「学祭のラストは、いつも花火が打ち上がるんですって」

「私、学祭実行委員もあるから、できれば小春ちゃんに付き合ってほしいんだけど」と早瀬。

「俺、十九時から夜勤や」と鳴海。

……この地獄のあとにバイトを入れる。疲れを伝える脳の神経が死んでいるのではないか。

「わかったよ。僕が付き添うから、あとで待ち合わせよう。生協《せいきょう》のテラスで待ってて」

「わかりました！」

気のせいだろうか。うれしそうな顔をする冬月。

「それよか、まだ買った花火もしてないじゃん」

「そうなんですよ。学祭で打ち上げるって知っていたら、あんなに買わなくてもよかったです」

「なんだよ、それ」

あきれ気味に笑うと、早瀬が「いいじゃない。小春ちゃんとデートできたんだから」と茶化《ちゃか》してきやがった。

すると鳴海が、「こいつ出発前にシャワー浴びとったで」と余計な情報を被《かぶ》せてくる。

「ガチじゃん。小春ちゃん……気をつけてね」じとっとした目で見てくる早瀬。

「気をつけてって？」ハテナ顔の冬月。

「マジでそういうのやめろって」

キレてごまかすこともっぽいことをすると、急に舟が揺れた。

「ひゃあ！」と早瀬がすっとんきょうな声を上げる。

舟の中は、早瀬の「ひゃあ！」にくすくすと笑いが起きた。

「みんな笑わないでよ」

早瀬が恥ずかしそうに言うものだから、余計におかしくなって笑ってしまった。

傾く日の光を浴びて、大学へ船首を向ける。大学に近づくにつれ、コピーバンドの演奏だろうか、歌詞が聞き取れない歌と、ギターとドラムの音、そして盛り上がる人たちの歓声が聞こえてきた。

*

筋肉を酷使すると当日でも筋肉痛になるのだろうか。

腕はぷるぷると震えているし、腰は今にも折れそうなほど痛い。ペットボトルのふたも開けられないほど握力は無くなっているし、足腰は踏ん張りが利《き》かない。全身ボロボロだ。

ずっと水上に居たためか地面が揺れている気がする。ひたすら歩きづらい。重い足を引きずりながらいつものテラス席に向かった。

なぜだろう。「ふたりで会う」そう意識すると、緊張してくる。

『私、学祭実行委員もあるから』『十九時から夜勤や』

早瀬と鳴海からそんな言葉を聞いたとき、頭の中が痺《しび》れた。たまらなくうれしくなったのだ。言ってしまえば、そういうことなんだろうか。いや、そういうことなんだろう。

いつからだろう。さっき、はしゃぐ冬月を見たときからだろうか。

それとももっと前のことだろうか。

冬月と〝ふたりで会う〟そのことに、心が躍っている。

テラス席がある生協前は人がまばらにしかいなかった。学祭の会場は、正門付近にある芝の大広場にある。そこでは現在、最後の催しにあたる浴衣コンテストが行われていた。マイクで拡声された早瀬の声が聞こえる。司会かなにかなんだろう。学祭実行委員にまで首をつっこんでいる。自分とは正反対すぎて尊敬し始めている自分がいる。

冬月はいつもの場所で、いつものミルクティーを飲んでいた。ゆっくりとオレンジに色づく世界の中、ただ僕を待っている。

冬月が目に入った瞬間、跳ねるような鼓動がした。胸を押さえて、話しかける。

「ごめん、待たせた？」

「んーん。大丈夫です。あんまり待っていませんよ」

「ミルクティー冷めたかな」

「紙コップなんで冷めやすいんです」

初夏にしては肌寒い風が吹いている。

遠くの浴衣コンテストで、わっと歓声が起こった。早瀬のはつらつとした声が夕焼けに響く。

「かけるくん？」

「ん？」

「どこか行っちゃったのかと思いました」

「気配、消してたからね」

「かけるくんのいじわる」

いつもの掛け合いをして、ふたりで笑う。この空気感が好きだ。

ぼそりと冬月が言った。

「浴衣、着たかったなあ」

「冬月財閥の浴衣、高そう」

「昔、おかあさんが着ていた浴衣で、はまゆう柄の帯があってですね。着てみたかったです」

「浴衣コンテスト、出ればよかったじゃん」

「私がですか？」

「冬月なら、一位だよ」

「私が浴衣コンテストに出たら、票を入れてくれました？」

「そりゃ」

「真剣に答えてください」

急に真剣みを帯びた冬月の声に、わずかばかり緊張する。

「そりゃ、冬月に入れたよ」

「目が見えなくても、ですか？　それでも、一番に、選んでくれますか」

冬月の声は震えていた。

今にも消えそうな、か弱い声で、冬月はそんなことを言う。

こんなに不安そうな冬月を初めて見た。

「浴衣コンテストに、障がいなんて関係ある?」

こんな正論は聞きたくないだろうか。言ってみて、急に不安になる。

関係ないわけがない。だれだって心の底で思う。すべてをフラットに考えられるはずがない。

それでも――

「それでも、そんなの関係なく、僕は冬月に入れたと思うよ」

冬月の顔が赤く見える。それは、夕日のせいだろうか。

「それ、まるで」

――告白みたいですね。

そう、茶化してくる冬月。その茶化し方は、ずるい。

「違う違う。単に容姿がいいという意味で」

「容姿?」

整った顔できょとんとされると気恥ずかしくなる。

「違う違う違う。単にお嬢様は浴衣を着慣れてそうって意味で」

なんですかそれ、と冬月は笑う。きらきらと西日が差して、輝いて見える。

気がつけば、

「好きなんだな」

そう、つぶやいていた。


え、と時が止まったような顔をする冬月。

焦《あせ》りに焦って「花火が本当に好きなんだなって。いつも花火花火って言うから」となんとかごまかした。

軽く笑った冬月は空に目を向ける。

「自分たちで打ち上げ花火とかできたら、素敵だろうなあって思うんです。特別な日になるだろうなあって。一生の想《おも》い出《で》というか」

冬月は見えない空に花火を想像しているように思えた。

「この前の、花火の衝動買い。あれ、重かったですよね」

「部屋の一角で、恨めしそうに静かにしているよ」

「学祭で花火するなら、言ってほしかったです」

「いつ?」

「う〜ん。入学式とかですかね」

「みなさん、入学おめでとう。少し先の話になりますが、学祭では花火が上がります、って?」

笑いながら言うと、「もうっ」と冬月がつられて笑った。

空を見上げると、黒い雲が出ていた。冷たい風が吹きつける。

『それでは、浴衣コンテスト！　栄えある優勝者は！』

遠くから早瀬の声が響いて、わっと歓声が上がった。

それをふたりで聞いている。

優子ちゃん明日声が枯れてますよ、とか、みんなよくやるよなー、とか、頭に残らない会話を、ゆっくりとした空気の中で紡《つむ》いでいく。

遠くの声を聞きながら、ふたりで落ち着いた時間を過ごしていた。

すると、急なことだった。

ぽつりぽつりと、雨粒が落ちてきたのだ。一気に雨の匂いがし始める。

そして、またたく間に雨音は激しくなった。

花火は中止になり、ふたりでひとつの傘に入って、冬月のマンションまで帰ることになった。

別れるとき、マンション前でのこと。

この日、傘に隠れるようにして、冬月と、初めてのキスをした。

4. もんじゃ

月島《つきしま》にはもんじゃ屋が集まる「もんじゃストリート」というソースの香り漂う通りがある。近いし、いつか行くだろうと思っていたが、なかなか行く機会が訪れず月島はもんじゃが有名ということすら忘れていた。

*

冬月《ふゆつき》とキスをした翌日のことだった。僕は月島のもんじゃ屋に来ていた。

キスをしたことすら初めてだった僕は、昨日の出来事をどう整理したらいいのかわからず、もんもんと悩んだあと、鳴海《なるみ》に相談するしかないと結論に至った。黙って話を聞いた鳴海は、「もんじゃでも行こかー」と言いだした。

入ったもんじゃ屋は、六つの鉄板席がある小さな店だった。店内は満席で、運よく前の客と入れ替わるようにして席に着くことができた。

周りが大人だらけでそわそわした。大学に入ったはいいが基本的に寮でごろごろしているだけのインドア大学生からすると、友人と外食に出かけるだけでちょっとした冒険だったりする。

「てかさ、関西人ってもんじゃ食べないんじゃないの？　お好み焼きでしょ？」

背もたれのない丸椅子《いす》に座ってメニュー表を見る。メニュー表にはお好み焼きは載っておらず、〇〇もんじゃのパレードが続いている。

向かいに座る鳴海は慣れた手つきで炒《いた》めたキャベツをカンカンとコテで刻んでいる。こんなイカツイ男が鉄板の前でコテを操《あやつ》っていると、夜店のおにいさんにしか見えない。

「かあちゃんが群馬《ぐんま》出身で、俺《おれ》、関西と関東のハーフやねん。家でよくやったんや」

「ハーフってなんだよ。ってか群馬って関東か？」

「今、日本の半分を敵に回したで」

ぎろりと見てくる鳴海。「いいからもんじゃ作れ〜」と適当にあしらった。

鳴海はウスターソースで味付けしたもんじゃの汁をキャベツで作ったドーナッツ状の土手に注《そそ》いでいく。ジュウウと油で水が跳ねる音がして、ウスターソースの香りが立ちのぼった。

うまそう。

そう思ったとき、店の扉ががらがらと開いた。

女性がひとりで入ってくる。早瀬《はやせ》だった。

あいつも友達と来たのかな。

なんて考えているとき、鳴海が手を上げて、「こっちこっち！」と声を上げた。

早瀬が「ごめーん待った？」と言って、鳴海と並んで壁側の席に座る。「ウーロン茶ください」と慣れた感じでおばちゃんに注文した。

「これは？」

鳴海氏、説明求ム。

視線を送ると、「ちょっと待ってや！　ここからが大事なところやねん」とキャベツの土手を崩して、もんじゃを鉄板いっぱいに広げていった。

鉄板の上でもんじゃが沸騰して、もくもくと蒸気を上げる。

「あと三分焼いたら、ちっさなヘラでつついてやー」

早瀬が鳴海の手つきを見て唸《うな》った。

「手慣れてるね～。けど、関西人ってもんじゃ食べないんじゃないの？」

「それさっきやった」

つっこむと、鳴海は僕のつっこみを無視してよくぞ聞いてくれましたみたいな表情をする。

「かあちゃんが群馬出身で、俺、関西と関東のハーフやねん」

「ハーフってなに、あはは」

早瀬は天井《てんじょう》を仰《あお》ぐほど爆笑していた。

「ってか群馬って関東だっけ？」

「それもさっきやったよ……」

これが鳴海の鉄板ネタなのか。もんじゃの鉄板の前でそんなことを思うと笑ってしまった。

さあ鳴海よ僕のときみたくキレたまえ。期待から鳴海を見てしまう。

すると、

「かあちゃんの実家、めっちゃ秘境やったわ」

「おい」

日本の半分敵に回すんじゃねえのかよ。

そう言いかけたとき、もんじゃ屋のおばちゃんが早瀬の飲み物を持ってきた。

かんぱーい、と僕のグラスに、早瀬と鳴海がグラスをぶつけてくる。

「そろそろええでー」

片面におこげができたもんじゃをちっちゃなヘラでつつく。熱々のもんじゃを口に入れると、舌をやけどした。ソースの香りが鼻に抜け、キャベツのうまみが口いっぱいに広がる。

「なんか、うまいな」そう言うと、「え。おいしい」と早瀬も驚愕《きょうがく》といった表情だ。

「せやろ～」と鳴海もご満悦。

「そういえば、空野《そらの》くんの出身どこだっけ？」と早瀬。

「本州最西端」

「下関《しものせき》はあんまもんじゃ食べんのんよな。もんじゃの代わりに瓦でそばを焼くんやっけ」

「なんなの？　それ」と早瀬。

「瓦そばな」

「写真見せてもらったときウケたで。瓦の上で茶そばを焼くんやて」

鳴海はスマホで検索して早瀬に見せる。

「ホントだ。なんで瓦の上でそばを焼いてるの？」

「熱伝導がちょうどいいんだよ。うちの実家の近くでは一家に一枚、必ず瓦を持ってる」

早瀬が「じゃあ土鍋といっしょかあ」と感心した声を出した。

茶そばを瓦で焼く郷土料理は存在する。が、各家庭が瓦を持っているなんて冗談なわけで、それを真に受ける早瀬を見て、なにが土鍋と一緒なんだよ、と笑いがこみ上げた。

「あー、うそだな！」

「冗談に決まっとるやろ。それよりもんじゃ食べるで」

案の定、早瀬にうそを見破られて、鳴海が笑ってもんじゃを食べ始めた。

それから僕たちはノーマルのもんじゃ焼きを堪能したあと、ラーメンスナック入りもんじゃ、明太子《めんたいこ》に餅もチーズも入れためんたい餅チーズもんじゃなる激うまもんじゃを食べ尽くした。

そもそも冬月とのことを相談しようともんじゃ屋に来たのだが、早瀬もいる状態でいざ話そうとすると、どう切り出してよいのかわからなくなっていたのだ。

切り出すタイミングを失ったまま、めっちゃうまい、めっちゃうまい、そんなことを言いながら食べ続け、次々ともんじゃを平らげてしまった。

「空野大丈夫かよ」

心配そうにする鳴海の声が聞こえた。

「だいじょうぶ、だいじょうぶ」

「食べすぎよ」

あきれた声を出す早瀬だった。

あまりにも絶品だったからだろうか。ふだんは決して食べない量を腹に詰め込んでしまった。ふたりは満腹だというのに、もうひとつ食べようと言いだしたのは僕だった。調子に乗った結果、食べすぎて苦しくなってしまったのだ。

「じゃあそろそろ冬月の話を聞こうか」

なかなか話を切り出せない僕を見かねたのか、鳴海から聞いてくれたのだが、話せる腹具合ではなかった。

「ちょっと、休憩……させて」

すみませーん、とウーロン茶を頼む。

「面白《おもしろ》い話が聞けるっていうから来たけど、単純にもんじゃを食べる会になりそう」

早瀬がウーロン茶片手に笑っている。

おかわりしたウーロン茶を受け取ってごくごくと飲むと、ウーロン茶の味が変なことに気がついた。

「これ……もしかして、酒？」

飲んだことがないけれど、ウーロン茶なのにアルコール消毒液のような匂いがするし、妙に苦い。

お店のおばちゃんが「ごめんなさい。もしかして他のお客さんのウーロンハイだった？」と慌てて駆け寄ってきて、すぐ代わりのウーロン茶を持ってきた。

「空野くん大丈夫」心配そうにする早瀬の声が聞こえる。

「だいじょうぶ」

「目が据わり始めとらん？」と笑っている鳴海。

一気にグラスの半分は飲んでしまったからだろうか。

思考ははっきりしているのに、夢見心地というのだろうか、視界が揺れた。手ブレしている映像越しに自分を俯瞰《ふかん》しているようだ。これが酔うという感覚なんだろうか。

あはは、となにもないのに笑ってしまった。

「ありゃ。こりゃあ冬月の話できねーじゃん」

「大丈夫、大丈夫。話せるから」

「まあ、少し酔ってるくらいがちょうどええんかもしれんな」

そう言った鳴海は、僕をまっすぐ正面から見た。

「じゃあ、そろそろ、どういう経緯で冬月とそういうことになったか話してもらってええ？」

「話したじゃん」

「『冬月とキスしたんだけど、どうしたらいいと思う？』だけでアドバイスのしようがないやん」

「いや〜、キスしたっていうか、されたっていうか」

「いいから、早く話そうよ！」

興味津々といった様子の早瀬だった。

*

学祭の花火は雨で中止となり、僕たちはテラス席のすぐそばにあった外階段の下で雨宿りをすることにした。そして僕が思いついた選択肢はふたつあった。

このまま雨宿りを続けるか。

雨の中、冬月を家まで送るか。

もちろん頭では冬月を帰宅させることが正しいとわかっていた。

しかし、本心ではもう少し一緒にいたかった。

テラス席も気温が下がり寒くなっている。ふたりとも傘を持っていない。

そのときだった。

くしゅん、と冬月がかわいらしいくしゃみをした。

いったん寮に行こうという話をし、冬月を自分たちの部屋に招くことにした。

冬月に自分の羽織っていたシャツを被《かぶ》せ、手をつないで歩いた。寮に着くころには、ふたりとも雨に濡《ぬ》れ、しばらくバスタオルに包《くる》まった。

「けっこう濡れたね。大丈夫？　拭けた？」

「大丈夫ですよ。タオル、ありがとうございます」

あの、聞きづらいんですけど、と冬月は続ける。

「どこか雨で透けてたりしませんか？　洋服」

冬月は後ろに流していた長い髪を前に持ってきてうなじをさらす。うなじではなく、洋服を見てほしいという意味なんだろうが、それはわかる、わかるが、見てしまった。

薄手の白いブラウスは雨で透けてキャミソールが見えた。

うなじと透けるキャミソールが扇情的でへんな気を起こしそうだった。

平静を装い、なんて伝えようか悩む。「透けてるよ」って教えたら教えたでショックだろう。

「大丈夫透けてないよ。寒そうだからタオルは肩にかけておきなよ」

冬月の肩にタオルを掛けた。

……気まずい。

冬月は僕のベッドに座っていた。

もちろん、狭い部屋で女性とふたりきりになったことなんてない。

自分が招いておいてなんだけど、妙に緊張してきてカチカチと壁掛け時計の秒針の音ばかりに気がいった。秒針の音に合わせるようにして、ドクンドクンと自分の心臓の音も聞こえる。

数分は沈黙していただろうか。冬月の方が先に口を開いた。

「ここが、かけるくんの部屋ですか？」

「そ、そう。鳴海と同じ部屋。その座ってるのが、僕のベッド」

「かけるくんのベッドですか」

そういって、冬月は体を倒して、枕《まくら》もとに顔を埋める。スカートから長くて白い足が見える。

「その、下着、見えそう、だから」

冬月はばっと起き上がり、スカートの裾《すそ》を押さえる。

「…………」

沈黙。気まずい。自分の鼓動がうるさい。

「見えました？」

「見える前に忠告しただろ」

「えっちです」

「だから見えてないって」

信じてやりましょう。なんて言って、冬月はまた笑う。

本当、笑ってばかりだ。

「残念でしたね」

「だから見えてないって」

「あ、花火のことです」

自分の早とちりに顔が熱くなる。死にたいくらい恥ずかしい。

「来年、またやるよ。なんか学祭の恒例らしいから」

「あのサークル、入りたいな。学祭で花火ってザ・青春ですよね。けどやっぱり断られるかな」

「一緒に入ろうか」

「え！　いいんですか？」

「べつにいいけど」

「約束ですよ」

そう言って、冬月は窓の方を向いた。「どうしたの？」そう尋ねると、「雨の音が弱くなった気がしませんか」と言った。たしかに窓から見える雨脚が弱くなっている。


今のうちに冬月をマンションまで送ろうってなって、外に出た。

それに、限界だった。

あれ以上ふたりでいると、押し倒しそうだった。

カーペットを踏む冬月の生足を眺めては、何度も生唾を飲んだ。理性がぎりぎりのところで勝ったからいいものの、なにかあればなにかあったかもしれないとドキドキする。

冬月を傘に入れ一緒に歩いた。白杖《はくじょう》がつきづらいからって、冬月は腕に摑《つか》まっていた。

二人三脚みたいにして、街灯の下を歩いた。

霧のような小雨が傘の中に舞い込んできて、頰《ほお》をぬらした。

横には笑顔の冬月がいた。雨の匂《にお》いに混ざって、冬月からシャンプーの匂いがした。

なにか気を紛らわそうと南無阿弥陀仏《なむあみだぶつ》と念仏を唱《とな》える。が、自分の記憶にある念仏は「南無阿弥陀仏」と六文字で終わる。代わって円周率にチャレンジするが、小数点以下八桁《けた》が限界で、気を紛らわそうにも三秒も持たない。

「そ、そういえば、買った花火はどうする？」

「夏にでも、みんなとしましょうよ」

「夜に外出とかできるの？」

「べつに平気ですよ。だって私たちが出会ったのも夜のコンパだったじゃないですか」

「それもそうか。じゃあ鳴海や早瀬も呼ぼうか」

いいですね、冬月がにんまりと笑う。

笑ったあとすぐに「かけるくんって」となんだか言いづらそうに冬月は続けた。

「かけるくんって、彼女さんとかっていないんですか？」

「彼女？」

「はい」

「え。いないけど」

そう言うと、ほっとしたように、

「よかった」

と、冬月は言った。

……どういう意味だろうか。

「どういう意味？」

「え。へ。え⁉　いや、あれです。かけるくんにはよくしてもらっているので、もし、彼女さんとかいたりしたらわるいなーって。今もこうやって腕を摑ませてもらってますし」

「なんだ」

そう口をついて出た言葉に、次は冬月が「なんだ、って？」ときょとんとした。

「え、あ、え⁉　いや、あれだよ、あれ」

つい、「冬月が、僕のこと好き」なのかと。そう言いかける。

「え。へ。え⁉」

さっきからふたりで奇声を発してばかりだ。

まるで埒《らち》があかない。

「こういう冗談は弱いんだ」と、ごまかした。

顔を赤らめた冬月は少し怒ったように、甘噛《が》みのような弱い力で僕の腕をつねってきた。

「いじわる」

「痛いよ」

「ちょうどいいと思うんです」

なにかひらめいたように小さな声で、

「よし」

と、気合いを入れたような声を出す冬月。

「どうした？」

「目が見えなくても顔を見る方法があるって知ってます？」

「顔を見る？」

にんまりと、顔をほころばせる冬月。

「顔をですね、手で触って、どんな顔か見るんです」

「つまり、それをやらせろと」

冬月のマンション前についた。

冬月と向き合う。冬月は「いいですか」と言って、そっと胸を触れてきた。そのまま指先を伝わせ、顔に触れた。冷たくて、小さな手が頬を包む。

「もう少し、しゃがんでもらっていいですか？」

「こう？」

そう言ってしゃがんだ瞬間、唇に温かいものが触れていた。目の前には、目をつむった冬月の顔がある。冬月のやわらかい唇が自分の唇に重ねられている。

キスしている。

その事実に気づいたときには、心臓が破裂しそうなほど脈打っていた。

一秒、二秒、三秒はたっただろうか。

ん、と小さく漏《も》らして、冬月は唇を離した。

「かけるくんは」

——こういう冗談は弱いですか？

そんなことを言う冬月。心臓が痛いくらい脈打っていた。

なにも言えず固まっていると、「おやすみなさい」と冬月はスロープの手すりを掴んだ。

ばくばくばく、と鼓動がうるさかった。

冬月のうしろ姿に「おやすみ」とぼそりと言って、見送ることしかできない。

唇にはまだ感触が残っていて、冬月のリップの香りだろうか、自分の唇から甘い匂いがした。

*

「ということがありました」

大筋を話すと、鳴海は瞳孔が開ききった目をして「リア充爆発《ばくはつ》しろ」とぶつぶつ言っている。

早瀬は早瀬で「思ってたんとちゃーう！」とエセ関西弁で叫んで机に突っ伏した。

「なんで空野くんから迫らないの！」

「いや、そんなこと言われても」

「まあまあ、まあ。いったん落ち着こうや」

早瀬が、ばっと顔を上げて僕をキッと見た。

「いやそこは男から、好きだ！　って言うべきでしょ」

「まあまあ、世の中ジェンダーレスやんか。空野には空野らしいやり方があるんよ」

「そもそも部屋に連れ込んでなんにもなしって」

「それは無理だろ」

「なんでよ」

「だって、冬月、目が見えないじゃん」

その言葉がしゃくに障ったのか、「はあ⁉」と早瀬が激昂《げっこう》した。

「障がいがあるから無理だっていうの⁉」

「はあ？　ちげえって！」

たしかにそんなことを考えたこともあった。けど、早瀬から言われるのは違う気がした。

「ふたりとも落ち着きいや！」

鳴海が制止する。が、鳴海の声が一番でかい。店中響いて、周りの人たちの視線が集まる。

それに気づいた鳴海は「すみません」と平謝りした。

「空野から話しい」

「冬月ってさ」

「うん」

腕組みしながらむすっとして壁にもたれている早瀬。低い声で相づちを打ってくる。

「目が見えないからさ」

「うん」

「怖いと思うんだよね」

「うん？」

どういう意味？　と聞き返してきた早瀬。

「いや、たとえばいきなり触られたりしたらさ、やっぱり怖いと思うんだ。それこそいきなり迫ったりしたら、それこそ恐怖じゃん」

そこまで言うと、早瀬は目を大きく開けて、あっはっは、と手を叩《たた》いて笑い始めた。

「ちょう、笑いすぎやで」と鳴海。

「ちょうピュア」と早瀬。

あっはっは、あっはっは、と笑っている。腕を組んで黙っていた鳴海も、ぷっと吹き出して肩を上下させた。

「馬鹿《ばか》にしてる？」

「してないしてない」『してへんしてへん」

声がかぶったふたりが、顔を見合わせてくすくす笑う。

「やっぱ馬鹿にしてる！」

そう言うと、腹を抱えて笑いだすふたり。地獄に落ちろと切に願う。

「一応聞かせてよ」

と、早瀬が言う。

「小春《こはる》ちゃんのどこが好きなの？」

「言わない」

「へー、やっぱ顔ですか。ボディラインですか。いやらしい。そんな男と小春ちゃんは釣り合わないよ」

「ちげえし」

ぐいっとグラスに残ったウーロン茶を飲み干した。

「なんか冬月って、いつも笑うじゃん」

「うん？」

と、早瀬はテーブルに肘《ひじ》をついて、やわらかい表情でこっちを見てくる。

「自分が、目が見えなくなってさ」

「うん」

「あんなに前向きになれないと思うんだよね」

「わかる」

「僕さ」

「うん」

「両親が離婚したんだけど、あんなに前向きになれなかった」

「そうなんだ」

「自分のせいじゃないのにって、卑屈なことばかり考えてた」

「そう、なんだ」

「僕は人の顔色ばかりうかがってさ、冬月の方がよっぽど自由じゃん。すげーなーって、思う。なんか自分に持ってないもの全部持っているっていうかさ。不幸かどうかって、自分の気の持ちようなんだって、それを教えてくれた」

本心を口走ってしまったのはアルコールのせいだろうか。べつに今はいいやって思える。

「そうだね」

「好きだなーって」

ひゅーひゅーと、茶化《ちゃか》してくる早瀬。

無視した。

「やっぱ人って内面なんだなーって思ったよ」

そこまで言うと、早瀬は「わかる」とやさしい顔をしてこっちを見てきた。

「小春ちゃんってさ、出会ったときからそうだったけど、毎日ちゃんとおしゃれしたり、花火してみたいって空野くんを連れ出したりさ、講義もぜんぶ出席しているんだよ。目のことを言い訳にせず、私だってたまに寝坊とかあるのにね。ほんとすごいよ」

冬月の顔を思い浮かべていたのだろうか、早瀬は遠い目をしていた。早瀬が思い浮かべている冬月の表情は、きっと笑顔なんだろうなって、なんとなくそう思った。

「だから、説明がむずかしいけど、なんていうのかな。自分に素直で、まっすぐで、自分とは真逆だなって、あこがれる気持ちはすっごいわかる。かっこいいよね、小春ちゃん」

一生懸命、冬月がすごいことを伝えようとする早瀬の気持ちはわかった。

言い訳をせず、自分のしたいことをなんでもやろうとする姿に僕も惹《ひ》かれている。

たぶんそういうところに早瀬も心が動かされるのだろう。

すると、鳴海が膝《ひざ》を打ってこんなことを言った。

「よし。いっちょ告るか」

と。

「いや、それはちょっと」

「なんでよ！　する流れじゃん！」と早瀬。

「……なんでだよ」

と、言うと、

「やっぱハードル高いよなー」

と、鳴海がため息をついた。

「そんなんじゃねえし」

「ホントに好きなの？」

早瀬があおってくる。

「そうだけど！」

「勇気いるのもわかるで。目が見えへん彼女って」

ふー、とわざとらしくため息をつく鳴海。

「だから、そんなんじゃねえし！」

「ホントに好きなの？」

またあおってくる早瀬。

「はあ？　じゃあ告るよ」

「いつ？」と早瀬。

「いつって」

「じゃあ、練習でもいいから、今しなよ。動画、撮ってあげるから」

「……練習って」

「はいはい。口だけ口だけ。小春ちゃんがかわいそう」

血管が切れたような音が頭の中で響いた。

自分のグラスをぐいっと傾ける。が、もう中身がない。氷を口に入れて、がりがりと砕いて飲み込んだ。そして立ち上がって、店内に反響するくらい大きな声で叫んだ。

「ちゅうも――――――く！」

店内の全員がざっとこっちを見てくる。

好奇の目、目、目。

一瞬たじろぐが、止まるわけにはいかない。

「ここで重大発表があります！」

いつか早瀬に告ったチャラ男みたいだと思った。

店内が静かになった。みんな驚いたように視線を僕に向けてくる……と思いきや、ここで鉄板にもんじゃを投入するテーブルが現れた。じゅうううとソースの匂いがこっちまでやってくる。格好がついていないことは確かであるが、止まるわけにはいかない。

「私、空野かけりゅは」

「あ、噛んだ」と早瀬。

「噛んだやん」と鳴海。

こっちは一世一代の告白のつもりでやっているのに、アルコールで動きの鈍った口元が盛大に嚙みやがった。鳴海も早瀬も嚙んだって顔しやがって、一気に恥ずかしさがこみ上げて泣きそうになる。

ええい。言ってやろう。言ってやろうじゃないか。

「空野かけるは、冬月小春さんのことが、好きでええええええす！　付き合いたいって思っていまああああああああああああす！」

潮が引いたように、静寂が場を包んだ。

そして。

わああああああああああああああああ！

と、拍手喝采。万雷の拍手に包まれる。

若いね！

やじが飛ぶ。

俺とも付き合って！

よくわからないやじも飛ぶ。

「これでいいかよ」

目の前の鳴海はぽかんとしている。

「お、おう。ナイスガッツやったで」

早瀬は、ピコっとこっちに向けていたスマホを操作して、ふふっと笑った。

そして、なにを思ったのか、「小春ちゃんに送っといたから」と画面を向けてくる。

「は?」早瀬が掲げる画面を見ると、『こはる』に対して、動画を一件、送付している。

え。え。

目をこすって、画面を見る。

『こはる』に対して、動画を一件、送付しているのだ。

そして、『既読』とマークが付いた。

「まじ?」

「まじです」

そう言って、わっははは、と爆笑する早瀬。

まじかよ! こっちがキレているのに、わっははは、と爆笑し続ける早瀬。

鳴海も笑って、店内の人たちも笑っていて、穴があったら入りたかった。


そして、そのあと。

数日たっても冬月からの返信はなかった。

5. ピアノの音

◎

「この小さな白い点が、悪性の腫瘍です」
医者からそう説明を受けたとき、まるでひとごとのように聞いていた。
体調は少しの倦怠《けんたい》感や頭痛があるくらいで、そこまでわるいものではなかったからだ。
小指の爪《つめ》ほどの大きさだったからか、手術はすぐに終わった。
メスも入れない簡単な手術をして、あっけなく成功。
なんだ楽勝。これですべて終わったものだと思った。
その数年後、転移が見つかった。
「抗がん剤治療を開始しましょう」
医者のひと言が、地獄の始まりだった。
がん細胞の増殖を抑えるため、自らに劇薬を打つ。
悪い細胞の増殖は止まるが、通常の細胞の働きも鈍くなる。
そうなったらどうなるか。
まず猛烈な吐き気と下痢に襲われた。
髪の毛が抜けた。
室内でもニット帽を被るようになった。

次第に眠れなくなった。
眠れないせいか、頭がぼうっとした。
記憶も混濁し始めた。ケモブレインというらしい。
昨日や数日前のことすらうまく思い出せない。
あれ？　今、なに考えていたっけ？　思考がまとまらなくて、もどかしくなる。
次第にその気持ちも薄れていき、考えなくなる。無になる。ぼうっとする。
しかし、ふとした瞬間、激しい不安に襲われる。毎日のようにひとりで泣いた。
それはあきらかな鬱《うつ》症状だった。
なんで自分だけ、こんな苦しい目に遭わないといけないのか。
運命を呪った。
自分を呪った。
いっそこのまま死ねればいいのに、そう考えるようになった。
タオルで首を巻けば。
屋上から落ちれば。
手首を切れば。
舌を噛《か》めば。
毎日のように死ぬことを考えた。

しかし、家族が、その考えを許さなかった。

生きて。生きて。

そんな願いを、一身に受ける。

想像できるだろうか。

死より生を願われることが、こんなに苦しいことを。

そうか。これが。


これが生き地獄というのか。

*

告白動画を冬月《ふゆつき》へ送ってから、冬月の返信はいまだにないらしい。

それどころか一週間、冬月と会っていない。恥ずかしくて会えないとか、気まずいとか、そういうことではなく、物理的に会えていない。

それは、鳴海《なるみ》も早瀬《はやせ》も同じようで、頻繁《ひんぱん》に連絡をとりあった。

ゆうこ　【あれから小春《こはる》ちゃんと連絡ついた人いる?】

うしお　【俺《おれ》、連絡ついてない】
そらの　【僕も】

おーい、と冬月にメッセージを送っても既読がつかない。

当然、電話も出ない。

ＬＩＮＥでも、電話をかけても、連絡がつかない。

大学も、来ない。

いったい、どうしたというのだろう。

底知れぬ不安に襲われた。

月曜日の一限には冬月は出席していなかった。いつものテラス席にはだれもいない。

まるで冬月小春という人間がいなかったように、テラス席はしんとしていた。

ひとりでテラス席に座って、流れる雲を見ながらボトルのサイダーを飲んだ。

甘い炭酸が舌の上で弾《はじ》け、喉《のど》に流れていく。

月曜日の一限のあと、ふたりして生協《せいきょう》のテラス席で時間をつぶす。

ずっと、それが続くと思っていた。

砂糖多めのミルクティーを飲む冬月の横で早めの学食を食べる。他愛《たわい》ない会話をして、冬月が笑う。

なんとなく、それが続くと思っていた。

「冬月、どこにいるんだろう」

『自動販売機ってロシアンルーレットって言ったじゃないですか。私、炭酸が飲めなくて、炭酸に当たっちゃったら、喉が焼けそうになるんです』

そういえば炭酸が苦手って言ってたなあ。

そんなことを思い出しながら流れる雲を見ていた。

青い空にひとつだけ、わた雲がゆっくりと右から左に流れている。どこからか鳥の鳴き声がして、キャンパスを歩く女の人から楽しそうな声が聞こえた。

「ああ、声、聞きたい」

無意識にそんな言葉が出た。次第に意識して、じわじわと恥ずかしさがこみ上げてくる。

その気持ちから目を逸らすようにスマホを取り出して、ＬＩＮＥを開いた。

そらの【今日、大学くる?】

昨日送ったメッセージが既読にならない。無視されているのだろうか。ブロックされているのだろうか。嫌な想像がふつふつと湧きあがる。喉の奥になにかつっかえているみたいだ。息苦しくて、心臓が痛い。胸が締め付けられている。

「これは、なに？　失恋？　なのか」

ただ、それとは違う気がした。

もっと、大変なことが冬月に起きている気がした。胸騒《むなさわ》ぎがした。

だから、会いたかった。

会って、確認したかった。消えていないよなって。

大事な人がふっといなくなる。まるで元々いなかったとでもいうように。

自分の父親もそうだった。いつのまにかふっと消えて、いなくなった。

そんなに大切なら奪ってやろう。そう言われ、胸の奥に隠していたものを取り上げられたような、そんな気になった。

なんの罰だろうか。自分が、なにをしたというのだろうか。

「……前世でよっぽど重い罪を犯したんだな」

もはや、前世とか、運命とか、自分ではどうしようもないもの、そんなものにしか縋《すが》れない。

泣きそうになって、うな垂れてしまう。

「おはよ」

アスファルトにいた蟻《あり》をじっと見ていると、早瀬の声がした。

顔を上げると、早瀬が暗い顔で立っていた。

「早瀬、大丈夫？」

見ているこっちの方が心配になった。化粧ノリがわるいのか、それとも目のくまか、重篤な病気を患《わずら》ったパンダのように見える。

「なんか、早瀬がこんなに参っているって意外」

「私って、強そうに見える？」

「自分から率先して動く人って、まあそう見える」

「こう見えて、メンタルはふにゃふにゃだよ」

たしかに早瀬は背骨がなくなったようなふにゃっとした立ち方をしている。

「小春ちゃん、やっぱりいないね」

もしかすると、冬月がひょっこりと来るかもしれない。「心配させたかな、えへへ」と笑いながら顔を出してくれる。そんな一縷《いちる》の望みに早瀬も賭《か》けたのかもしれない。気持ちはわかる。

「私がへんな動画送ったからかな」

「へんなってなんだよ」

「人の告白、茶化《ちゃか》すようなことして」

「ああ、そういう意味」

きっと早瀬は、人がいなくなることに慣れていないんだろう。周りの大人が入れ代わり立ち代わりすることに慣れている自分は、早瀬ほど、心にきていない。

いや、うそ。

訂正。冬月は、きつい。

「どうしちゃったんだろうな」

そう話しかけても、「さあ」とだけ返ってくる。

「…………」

「…………」

話が続かない。

「前期試験のさ」と、無理やり話を絞り出してみた。「前期試験の過去問って、早瀬って先輩からもらえたりするの？」

「先輩からだいたいもらえるよ」

「コピーさせてよ。生協で駄菓子でも奢《おご》るから」

「いいよ」

対価にしては安い、とつっこませるはずだったが早瀬は上の空。

冗談が通じないのは、頭の中が「冬月が心配」でいっぱいだからだろう。早瀬は地面をじっと見て、ずっと蟻の行列を眺めながら呆然《ぼうぜん》としているように見える。

そのとき。

「空野《そらの》！」

鳴海の声だった。

鳴海が走りながら手を振っていた。鳴海はなまじガタイが良いから、ラガーマンのように見える。キャンパスに往来する人たちが鳴海を見て避けていく。あれに衝突することは「ぶつかる」ではなく「轢《ひ》かれる」に近い。

膝《ひざ》に手をついて肩で息をする鳴海。はあ、はあ、と息を整えている。

「どうした？」

「なんで走ってんの？」と早瀬。

はあ、はあ、月島《つきしま》から、ダッシュ、と、断片的に情報を開示してくる鳴海。

どうやら月島駅からダッシュしてきたらしい。一キロはあるだろうか。道路交通法はこんな筋骨隆々が歩道を走ることを規制した方がいいんじゃないかと思った。

そんな冗談を言ってやろうとしたときだった。

思ってもいなかった言葉を鳴海は口にした。

「冬月を見かけたで」

鳴海が発したひと言を聞いた瞬間、早瀬と見合わせた。

「どこで？」

「新富町《しんとみちょう》から歩いて、大きな病院に入っていった」

病院、というフレーズに一瞬、背筋が凍った。

思い出されるのは冬月の過去。

がん、転移、入院。

また、どこかわるくしたんじゃないかと。頭の中がばっと熱くなる。

会いたい。その感情に、支配される。

「ありがとう。行ってくる」

「私も行く」

と、早瀬がぎゅっと腕のシャツを摑《つか》んできた。

「鳴海くんはどうする？」

「すまん……。欠席できん必修授業があんねん」

「大丈夫、僕たちで行ってくるから！」

そう言って、すでに走り出していた。

「場所分かるんか！」

後ろから叫ぶ鳴海へ振り向いて、スマホを掲げた。

「マップで見るから大丈夫！　ありがと！」

「気いつけや！」

息が切れるまで全速力で走った。息が切れて、早歩きをして、それからまた全速力で走った。

横腹が痛くなって血の味がした。肺が痛かった。それがどうした。関係なかった。一歩でも先、一瞬でも早く、冬月に会いたかった。

＊

月島駅から地下鉄でひと駅の新富町。地下鉄に乗るか迷って、走ることにした。地下に下りたり、電車を待ったりするくらいなら走った方がいい。

ヒールを履《は》いていた早瀬は、走り出して早々に、「ちょっと、先、行ってて」とリタイアした。僕はひとりで走っていく。

佃大橋《つくだおおはし》から、その大きな病院は見えていた。

二キロは走ったからか、もうへろへろだった。要塞のような病院は、低層と高層が組み合わさった豪奢《ごうしゃ》な作りに見えた。

すげえ、空中庭園だ。

さすが都会の総合病院。

一階に入ると、病院の匂《にお》いではなく、コーヒーの香りがした。そして院内の豪華な雰囲気に目を疑った。香りの正体である緑のコーヒーチェーン店があるし、レストランもある。なぜか画廊さえもある。まるで高級ホテルだ。自分が場違いな気がしてやまない。

ここまでくると受付の人たちはホテリエの格好でもしているのか。そんなことまで考えたが、そこは一般的な病院の受付だった。

「あの、すみ、ません。ちょっと、いいですか」

「は、はい。初診でしょうか」

息も絶え絶えに言うと、受付のおねえさんは少し動揺しているようだった。

「この病院に、冬月、冬月小春っていう人がいませんか？」

受付のおねえさんはみるみる怪訝《けげん》な表情になっていく。

「個人情報はちょっと」

「お願いします。最近連絡取れなくて」

必死だった。自分でも馬鹿《ばか》なことを言っていることはわかる。けれど、止められなかった。

知りたかった。教えてほしかった。会いたかった。冬月小春に。

「……そう言われましても」

おねえさんの上司らしき人が、貼《は》りつけたような笑顔でやってきた。

見るからに不審者への対応のための笑顔だとわかった。

「どうしました？」

「すみません、大丈夫です」

なにが大丈夫なのか、とりあえず、踵《きびす》を返して受付を離れる。

どれだけ突拍子もないことをしているか。そんなことはわかっている。わかっているんだ。

そのときだった。

ぐわんと地面が揺れた。

軽い酸欠みたいになって、目の前が白くなる。立てなくなってロビーにあった椅子《いす》でうな垂れた。こんなに本気になって走ったのはいつぶりだろうか。

ピンポンと電子音がして、「一〇七の方」と番号が呼ばれる。

もしかするとこのままロビーに座っていたら冬月の名前が呼ばれるかもしれないと考えたが、この病院では名前は呼ばないらしく、いくらうな垂れたところで冬月の名前が呼ばれることはなさそうだった。

「どこ行ったんだよ」

スマホを取り出して、LINEを開く。

やはり、昨日送ったメッセージが既読にならない。

冬月、冬月、冬月。

頭の中が冬月であふれていた。

「空野くん!」

早瀬が遅れて病院のロビーにやってきた。

「電車で来たの?」

「いやタクシーが捕まったから」

早瀬の表情は硬い。急いで来てくれたことは伝わった。

「それで？　小春ちゃんいた？」

「受付で聞いたら教えてくれなかった」

「ばか。当たり前じゃん！　けど、そうだよね。そうか」

早瀬がどこか決心したような表情をした。

「自分たちで捜すしかない。私、となりの旧館を捜すから、見つけたら連絡して」

そう言って、早瀬は旧館へ向かった。

それから冬月がいないか院内を捜した。その病院は十二階建ての病院だった。怪しまれないようにきょろきょろせず、いかにも「目的の病室があるんですけど」みたいな顔をして、病院をワンフロア、ワンフロア捜していく。フロアを上がると、やはり病院だからか、消毒液のような独特な匂いがした。

一番いそうなところは眼科なのだろうか。白杖《はくじょう》をつく人はいないか捜した。いなかった。

冬月、冬月、冬月。

ずっと頭の中は、冬月であふれていた。

早瀬からの連絡はまだない。

どこにいるんだよ！

次第に焦りが募っていく。

小児科のフロアに来て、小児科はさすがにないか、と引き返しそうになったときだった。

「♪」

ピアノの音がした。病院の廊下をやさしい旋律が満たしていく。その聞き覚えのある音色に心臓が高鳴った。ピアノを弾く冬月の横顔が脳裏に浮かんだ。

いわゆるキッズルームというのだろうか。パステルカラーの青い壁紙に、床は黄色と緑の柔《やわ》らかそうなジョイントマットが敷かれている。おもちゃや絵本がたくさん壁の棚に陳列され、こどもが十人ほどいた。母親だろうか、三人の女性が我が子を愛《いと》おしそうに見つめている。そのキッズルームにはアップライトピアノがあり、鍵盤の端には白杖が立てかけられていた。

心臓が、跳ねる。

冬月はピアノを演奏していた。体を使って、流れるようにピアノを弾いている。長い髪が揺れている。

この曲はなんだろうか。教会とかでよく演奏される曲だ。

「いーつくしみふかきー♪」

軽《かろ》やかなやさしい歌声が聞こえる。まるでプロのような伸びのある歌声だ。同時にこどもたちも歌いだした。冬月の声を聞くと、足の先から頭の先まで、安堵《あんど》が押し寄せてきて腰が抜けそうになる。

会えた。会えたんだ。

よかった。よかった。

いなくなってなかった。消えていなくて、よかった。

「つーみとがうれいーを、とりさりたもう♪」

こっちの気も知らないで、冬月は清らかな歌声で呑気《のんき》に歌っている。

なにこれ、めっちゃ上手《うま》い。

はは、はは、と小さく声が漏《も》れ、視界がにじみだした。目頭が熱くなって、頬《ほお》がぬれる。

スマホを取り出して早瀬に報告する。

そらの　【いたよ】
ゆうこ　【どこに⁉】
そらの　【小児科のキッズルーム】
ゆうこ　【なにしているの】
そらの　【うたのおねえさんしている】

このあと、早瀬から、感情が汲み取れない、見たこともないスタンプが送られてきた。

早瀬と合流したあとで、小児科の待ち合わせフロアで冬月が出てくるのを待っていた。

冬月のうたのおねえさんタイムは、十五分は続いただろうか。「ありがとうございました」と、こどもたちの大きな声がして「じゃあね～」と冬月が出てきた。

「行こう」

早瀬に声をかける。早瀬はうなずいて、後ろをついてきた。

なんて話しかけよう。わずか一週間ぶりのはずなのに、数年ぶりのような感覚がした。

心が跳ねる。やばい。なんて話しかけよう。

「冬月！」

僕の声に冬月はびくっとした。

その挙動を見て、違和感を覚える。

「ごめん冬月。空野です。後ろにいるよ」

目の見えない冬月を呼ぶとき、だれが呼びかけているか名前を告げた方がいいということは知っていた。冬月と出会って最初のころは名を告げていたが、次第に慣れて声色だけで僕だと伝わるようになった。

しかし今回はそれが伝わらなかった。

違和感がじわじわと不安に変わっていく。

あ～かけるくん、と呑気な声は返ってこない。

振り返った冬月は怯《おび》えた表情をしていた。

不安だ。全身の血が凍ったような感覚が襲い、喉が渇く。

その不安をごまかしたくて、つい冗談まじりで言ってしまった。

「捜しましたよ。お時間ありますか、お嬢様」

いつもなら冬月は笑いながらノリに合わせてくれる。「どなたさまでしょうか」とか「人違いです！」とか、くだらない冗談をとりとめのない言葉で返してくれる。しかし、冬月は「はい」とだけ応じてきた。

どういうことだろうか。返答が、声色が、なにかへんだった。


キッズルームから一階上がると空中庭園があって、冬月と早瀬と庭園に出ることにした。

早瀬が腕を貸そうとすると、冬月は断り手すりを摑んでひとりで歩いた。

ビルの上なのに木々が植えられ、芝生が整えられている。植え込みではツツジがまばらに赤い花を咲かせている。奥には緑のアーチがあって、そこを歩いていくとベンチがあった。

冬月をベンチに座らせる。冬月はもこもこのパステルカラーのパジャマを着ていた。

向かい合ったはいいが、第一声に困ってしまった。

結局、とびきりの慕情を隠して、「ひさしぶり」という言葉を選ぶ。

早瀬は冬月のとなりに座って「心配したんだよ」と冬月の手を握った。

「どうして、連絡がつかなかったの？」

早瀬がいきなり手を摑んだからか、冬月は身を硬くしているように見えた。

なにかへんだ。

すると、冬月は「あの」と口を開き、絶望的なひと言を発した。


――どこかでお会いしたことありましたか？


そう言った。

まるで初めて会ったかのように、そう言ったのだ。

早瀬が目を見開いて愕然《がくぜん》とした表情をする。「うそ」と小さく漏らして、こっちを見てくる。

もちろん僕だって耳を疑っている。

思わず、口調が強くなった。

「まじで言ってる？」

「ひ」短く怯えた声を上げる冬月。

表情が見えない相手に恫喝《どうかつ》のような声を出される。そりゃ恐怖を抱くだろう。

「ごめん」

もう一度、自分に言い聞かすように、ごめん、と口の中で言った。

ようやく、ようやく、会ったのに。

なんだよこれ。

鼓動が速い。立ちくらみがする。目をつむって見上げると、頭上の太陽が燦々《さんさん》と照っていて、くらっときた。同時に、胃酸がせり上がってくる。

「冗談じゃ、ないんだよね？」

再度、そう聞いた。

最終宣告のつもりだった。冗談なら終わりだよ。終わってくれと祈りながら。

「冗談ってなんですか？」

冗談じゃない。

冗談じゃないんだ。

「というか、本当に、どなたなんです？　人を呼びますよ」

その事実を突き付けられたとき、となりに座る早瀬は涙ぐんでいた。

「そっか」

自然と、そう、口から漏れた。

受け入れてしまえば、逆に肝《きも》が据わる。

「初めまして。僕、空野かけるといいます。んでこっちが、早瀬――」

*

冬月と話をしたあと、いったん寮に戻ることにした。

病院を出たころには夕方になっていた。佃大橋の下の隅田川《すみだがわ》はオレンジ色に染まっていて、まだ明るいのに橋の街灯が灯《とも》っていた。よほど辛気くさい表情をしていたんだろう、散歩中のトイプードルに吠《ほ》えられた。

やるせなくなって落ちている小石を拾って、川に向かって橋から投げた。

私もやる、と涙ぐむ早瀬も小石を拾って投げた。

早瀬に合わせもうひとつ拾って投げ入れる。ぽちゃんと波紋が広がる。が、あまりにもちいさい。自分の胸のうちはこんなにも波打っているのに、目の前の水面《みなも》があまりにも凪《な》いでいた。どんなに、どんなに小石を投げ入れても凪いでいる。冬月があああなってしまったというのに、どこまでも穏やかな姿が許せなかった。

『波紋すら立てたくないね』

いつかの自分の言葉を思い出し、こんなに執着していたことを意識する。つい、「あああ!」と叫んでいた。早瀬も小石を投げながら叫んでいた。

今度は、散歩中のチワワに吠えられた。

大丈夫ですか? と、散歩主の中年男性が声をかけてきた。

その「大丈夫」は、僕を気にかけてくれているというよりは、危害を加えない人かという確認で、現にスマホ片手に今にも通報しそうな顔をしていた。

走って逃げた。

そのまま早瀬は、寮の僕たちの部屋についてきた。

ついてきたというより、ぼうっとしていたら早瀬までも寮の前にいた、というのが正しい。

ドアを開けると、むわっとニンニクの匂いがした。鳴海がちょうど餃子《ぎょうざ》を焼いているようだった。「おかえり。お前らも食う？」と、そんな呑気な鳴海に泣きそうになった。一方の早瀬は「臭せえ！」と涙声で怒っていた。

部屋の中心に置かれた円卓に、焼き餃子五十個が並んでいる。

「じゃあ、状況を整理しよか」

鳴海は餃子に酢醤油《すじょうゆ》をつけ、ごはんと一緒に頬張《ほおば》った。

「にちひょうびにひょらのと」

「飲みこんでから話せよ」

「なんで、こいつは、こんなに呑気なのよ」

早瀬が目頭に指を当てた。こいつ呼ばわりだ。ごくんと飲み込む鳴海。

「状況を整理すると、こうやろ」

日曜日に学祭のあと、冬月とキスをした。

「で、月曜。その日は冬月と会っとらんのんやろ?」

「そう。講義も出ていなかったし」とうなずく。

「で、月曜日の夜、もんじゃ屋で私が告白動画を送ったと」早瀬が腕組みする。

それから一週間、会えない、連絡つかない、という状態が続き、ようやく再会してみると記憶を失ったようなそぶりをされた。

「それから、僕たち友達だったって言っても、終始否定されてさ」

「冬月、スマホとかもっとらんやったん? LINEのメッセージ履歴とか見たらわかるやろ」

早瀬が口を開く。

「私もそう思って、スマホ見せてって言ったんだよ。そうしたら」

言いよどむ早瀬に、「どうしたん?」と鳴海が聞いた。

「スマホの画面がさ、バキバキに割れていたんだよ」

僕が補足すると、そうそう、と早瀬がうなずく。

「そりゃ、もう画面が蜘蛛《くも》の巣みたいに全崩壊。『通話はできるんですよ! けど、画面操作がうまくできなくって』とどこか小春ちゃんらしいピントのずれたこと言われて」

鳴海が大きく笑って、「冬月、言いそう」と自分の太ももを叩《たた》く。

「笑ってる場合じゃないんだって!」

横座りする早瀬が腰を浮かして声を上げた。

「状況が芳《かんば》しくないことはわかるで。けど俺らまで辛気くさくなってもあかんやろ」

「小春ちゃんと会っていないからそんなこと言えるんだよ」

うっく、と早瀬から嗚咽《おえつ》が漏れる。

「なんか、小春ちゃんがかわいそう」

「あ〜あ〜あ〜、泣かんでもいいやん」

泣く理由もわかった。冬月の無垢《むく》な表情で「どなたです?」と聞かれたのは、きつかった。今までのことが全部リセットされたんじゃないかって、そんな気になった。

あんなに楽しかったのに。あんなに笑ったのに。あんなに胸が弾んだのに。

あれが全部なくなりました、はいそうですか、って受け入れられるものではない。

いったい、なにが起きて、どんな理由で、冬月があああなったのか。

つらい病気があって、目が見えなくなって、がんばって大学に入ってなお、まだつらい試練を与えられようとしている……そんな神がいるなら残酷すぎる。

「まあ、まあ、泣いてもしゃあないで。俺たちでなんとかしたいんやろ」

「なんとかって、なによ」

「僕たちで、なんとかできないかな」

「だから、なんとかって、なによ！」

早瀬がヒステリックに叫んだ。

「…………」

「…………」

「…………」

みんなが沈黙した。廊下から近隣の男たちの野太い笑い声が反響してきた。

鳴海はゆっくり立ち上がり、「まあ、できることしようや」と言う。

そして、冷蔵庫の上に置いた常備食を物色しだした。

「空野も早瀬も、みそ汁飲む?」

「オカンか」いつものつっこみをする。

「お米もたんまりあるからおかわりしいや」

「だからオカンかって」

早瀬がついに、ぷ、と吹き出した。

「空野くんも笑わせないでよ」

「泣いても仕方ないじゃん」

「空野くんまでなんでそんな呑気なのよ」

「呑気?　え、呑気?　なわけ、ないじゃん」

ついカッとなって大きな声が出た。仲裁するように鳴海が両手を広げる。

「まあまあ、餃子冷める前に食おうや。な?」

「いい。私、いらない」ぶすっとした早瀬。言いすぎたみたいだ。

「俺らでケンカしてもしゃあないやん。ほら、餃子食べ？」

オカンか、と早瀬は元気なくつっこみをして、餃子をひとつ頰張った。

「……おいしい」

「やろ？」

満足そうに鳴海がドヤると、早瀬は恨めしそうに鳴海をチラッと見て次々と餃子を食べていく。しぶしぶ食べ始めたにしては食べっぷりのいい早瀬である。

「ちょ、全部食べんといてや」

「いやよ。私、機嫌がわるくなるとおなか減るの。餃子以外におかずないの？」

「そういえば、鳴海の実家からソーセージが届いたって」

僕が冷蔵庫へ視線を向けると、「あかーん！」と鳴海は関西仕込みの大げさなリアクションで冷蔵庫の前に立ちふさがった。

「あれは俺の大好物なんや！　ぐるぐるソーセージって、とぐろを巻いたソーセージで」

「なによ、めちゃめちゃおいしそうじゃない。けちけちしないで出してよ」

早瀬が鳴海の肩を摑んで冷蔵庫からはがそうとする。鳴海は、「いやや、いやや」と顔を横に振りながら抵抗している。僕はそれを見て、腹を抱えて笑っていた。

大学に入る前は友人とはしゃぐ自分なんて想像できなかった。

餃子焼いて、悩んで、泣いて、ケンカして、自分たちだけでなんとかしようって。
浅い考えかもしれない。
拙《つたな》い答えしか浮かばないかもしれない。
それでも、こういう必死さも、べつにいいのかなと思っていた。

6. 黄色い栞

＊

あれから大学で冬月《ふゆつき》を見かけることはなかった。

病院では決まって十四時ごろにうたのおねえさん活動を行っていることがわかった。

病院の壁や廊下やスタッフの衣服は、すべて白くて、消毒液の匂《にお》いがした。キッズルームはパステルカラーで、漂白された病院の中、その場だけが別世界のようなファンシーさがあった。アップライトピアノを弾《ひ》きながら楽しそうに歌う冬月をガラス越しに見ている。

こどもたちが遊んで歌って楽しんでいる姿を見ても、心温まることはない。

冬月を見て、胸がざわつく一方だった。

もこもこパジャマ姿の冬月。いつもパジャマなのは入院しているからだろうか。

冬月に話しかけることができなかった。

本当に、忘れてしまったのだろうか。

やはり受け入れがたかった。あれが冗談だったら。うそだったら。演技だったら。その可能性を捨てきれずにいた。藁《わら》にも縋《すが》る想《おも》いだった。だから話しかけた。「よっ」って。無視された。まるで聞こえていないかのように、気づいてもらえなかった。さつかった。つらかった。

死にたくなった。後悔した。死にたいと、どんどん気持ちが沈んでいく。

ただ、冬月の近くにいたい、とそういう気持ちが、たしかにあった。

へんだな僕、と自嘲した。

執着のなかった自分が、こんなに冬月に執着している。

＊

昼休みのことだった。

僕はメンチカツ定食、鳴海《なるみ》は大盛りカツカレー、早瀬《はやせ》は天そばをトレーに乗せ、学食が一番混み合う時間帯に、空きテーブルを探していた。ようやく席に座り、ひと口食べて後悔した。ガッツリ系メニューを頼んだはいいが食欲が湧《わ》いていないことに気がついた。

「ねえねえ、これ見て」

雑踏の中でも声が通るように早瀬が声を張ってスマホの画面を見せてきた。

そこには「学生ボランティア募集」とある。

「またボランティアするん？」

カレーを頬張《ほおば》る鳴海は、早瀬をボランティア中毒のように言う。

「ちゃんと中身を見てよ」

「あの病院？」

「そう！　キッズルームでの遊びの援助、読み聞かせや紙芝居など、って」と早瀬。

一筋の光明が差し込んだ気になった。

冬月のそばにいられるかもしれない。

そう考えると、途端にメンチカツソースの香りが鼻孔をついた。急速に腹が減ってくる。

「じゃあ、そこに入れれば」

「小春《こはる》ちゃんと話ができるかもね」

「けどさ」

鳴海がもりもり食べながら言う。

「ひょういうしふぁごここ」

「飲みこんでから話せって」

ごくんと飲み込んで鳴海が言う。

「そういう下心があると、面接で落とされたりするんやないか」

もっともらしいことを言う鳴海。

「やるなら、小春ちゃん関係なしに全力で参加するつもりだよ」

そんなまっすぐなことを早瀬は口にする。この前の、ふにゃふにゃした病弱パンダのような早瀬はいなかった。凜《りん》とした顔をして僕を見ている。

「とりあえず、受けようよ。小春ちゃん、見つかったんだし」

少し興奮気味に「うん」と答える自分がいる。湧き上がる感情は止まらない。

どうこう話し合ったって、選択肢はない。

答えはひとつだった。

冬月のそばにいられるなら。

そんな想いが、胸の奥からこんこんと湧いて、次第に頭を麻痺《まひ》させる。

鼻の奥が熱くなって、興奮しているのがわかる。

翌日、三人で病院の学生ボランティアの募集に応募することになった。

＊

三人とも、心配していた面接は難なく受かることができた。大学の知名度と、ボランティア熱心な早瀬がフォローしてくれたことが大きい。

しかし、面接をパスしても「はい明日からよろしくね」というわけにはいかなかった。

ボランティアスタッフになるにあたって、書類の記入、抗体検査、ボランティア保険の加入など、多くの事務手続きがあった。

またボランティアオリエンテーションというものがあり、ボランティアにあたっての座学を受講した。病気に関する会話の禁止などこどもを傷つけない言動や、手の洗い方など感染予防を徹底するよう病院から指導された。

オリエンテーションのとき、看護師さんから言われた言葉が胸にひっかかっている。

『つらい仕事だけど、続けてくださいね』

決して簡単なボランティアではないことはわかった。

ボランティア初日、僕たち三人の他にふたりの中年女性がいた。どうやら近所に住むご婦人のようだ。

こどもたちは十三人。腕を怪我《けが》した子、足にギブスをはめた子、ニット帽をかぶった子、五歳くらいから九歳くらいまでのこどもがいる。

看護師に聞いた話だと、総合病院の小児科に長期入院をするということは、それなりに重い病気が多いそうだ。その病気に「ふれないで」とはっきりと言われた。入院のつらさを少しの間でも忘れる時間だから、と。

キッズルームにきゃっきゃと楽しそうな声が響いている。

今日はみんなで折り紙をしていた。

「がおー!」

折り紙のはずなのに、鳴海は男の子に囲まれて馬乗りにされたり蹴《け》られたりしている。

「こっちに折り紙の本、貸して」

女の子に囲まれた早瀬は飛行機とか鶴とかわかりやすいものを折ればいいのに、本とにらめっこしながらバラだとかスズランだとか自分の技量以上のものを折ろうとしている。

こどもたちが遊ぶ時間を、病院では「キッズタイム」と呼んでいた。入院しているこどもたちが少しでも退屈にならないよう、毎日その時間を設けているらしい。

そのキッズタイムが始まる前、担当する看護師の方から冬月を紹介された。「同じく入院している患者さんなのですが、キッズタイムにピアノを弾いてくれているんです」ということらしい。「同じく入院している」と言われた瞬間、全身に力が入った。そうじゃないかとは思っていた。ただ、その事実をいざ突き付けられると、胸がずんと重くなった。

今日から学生スタッフが増えます、看護師がそう言った瞬間、冬月は少し驚いているような気がした。「よろしく」そう声を掛けると、ちいさな声で、「よろしく、お願いします」と返ってきた。大学で会っていたころの快活に笑っていた冬月がまるでうそだったかのように、冬月はきゅっときつく口を結んでいた。

「えー、私にも折れるかなあ」

冬月がこどもたちに囲まれながら、手探りに折り紙をしていた。

こどもたちは冬月のやさしい声に魅《ひ》かれるように、冬月のそばにいた。

冬月は飛行機を折っていた。目が見えなくて作れるものが飛行機なのかもしれない。ひとつ作ってはこどもに渡し、こどもが投げていく。こどもはひとつ投げては新しいものを欲しがるため、折るペースが追いつかない。

折り紙がなくなりそうだったので、すっと冬月のそばに置いた。

見えないから気づかれないだろう。そう思っていた。

するると、

「……ありがとうございます」

と、返ってきた。

きっと手元の枚数を指先で数えていたのかもしれない。指先の感覚で小銭が数えられるなら、折り紙の残りの枚数も数えられるのかもしれない。

気づかれなくてもいいと思っていた分、冬月からの返答にとても高揚してしまった。

ついうれしさのあまり、話しかけてしまう。

「紙飛行機、僕も折ろうか。追いつかないでしょ」

そのときだった。

「かんちょー」

後ろからそんな声がして、直後、電流が尻《しり》から脳天に突き抜けた。

「痛――――ッ!」

思わず叫んでしまった。

後ろを向くと、丸刈りの男の子がニヤニヤ笑っていやがった。

「……だめだよ、痛あ……。それはダメだよ……」

「なに、おねえちゃんみてるんだよ。きもちわるい」

「べ、べつにみてねえし」

「うそつけ！　わかった！　おまえ、おっぱいみてたんだろ」

冬月をちらっと見ると、胸元《むなもと》を押さえて顔を真っ赤《か》にしている。

「見てない、見てないし、見るわけないじゃん！」

「うそだ～」

「大人をからかっちゃだめだって」

男の子はそれが面白《おもしろ》くなったのか、「おーっぱい！」「おーっぱい！」「おーっぱい！」と連呼して走りだした。

「こらっ！　走ったらあぶないよ！」

そう怒っても、周りもくすくす笑いだすものだから、男の子も調子に乗って「おーっぱい！」としつこい。

鳴海が男の子の前に立ちふさがって「捕まえた」とその男の子を抱きしめた。

「いやだよ。おじさんあつい～」

おじさん呼ばわりされる鳴海。

男の子は鳴海の腕の中から抜け出そうと抵抗している。一方で、老けて見られたのがよほどショックだったのか、鳴海は「おじっ」と短くなにかを発し硬直している。

「次、走ったらまた筋肉おじさんに捕まえてもらうからな」

そう男の子を諭すと、「わかった」とおとなしくなった。

「筋肉おじさんってなんやねん」

「動画サイトとかで人気出そうじゃん」

「今回は腕立て伏せ二百回。今日もおじさんと追い込もうな、つって？」

「おもんな」

「ええぇ。俺《おれ》がスベったみたいやん」

「盛大にスベったじゃん」

「そもそも筋肉おじさんってなんやねん」

「ちょっと！　折り紙しなさいよ」

と、早瀬が怒ってきて、「はい」と鳴海と声が被った。

それを聞いていた主婦のひとりが、「なんだか漫才みたいねえ」と微笑《ほほえ》んだ。

そのときだった。

冬月が、ぷっと吹き出して笑ったのだ。

肩を揺らす冬月。

ひさしぶりに笑う冬月を見て懐かしい気持ちがよみがえった。

テラス席の幸福な時間。あの、テラス席の、いつもの冬月のようだった。視界がにじむ。

約二時間の遊びの時間が終わり、こどもたちを病室に帰して、こども不在のキッズルームを後片付けしているときだった。ボランティアスタッフの会話が聞こえた。「そういえば、すみれちゃん、今日は来なかったですね」「投薬治療が始まったらしいですよ」「まあ、これから大変ね」と。そんな会話に胸が張り裂けそうになった。

＊

ボランティアを始めてから二週間が経過した。

冬月に話しかけても会話が弾むことはなく、むしろ避けられているように感じていた。

六月も終わり、例年より早く梅雨が明け、もうすぐ夏休みが始まるころだった。

その日、僕はひとりでキッズタイムに参加して、片づけをしているとき。

「空野《そらの》さん、いますか？」

冬月から話しかけてきたのだ。

心臓が飛び出しそうになった。思わぬ展開に、脈拍が異常に高まって、同時、「かけるくん」からの「空野さん」への変化に絶望する。

最大限平静を装って反応した。

「ん？　ここにいるよ」

「空野さん、大学、大丈夫なんですか」

「大丈夫って?」

「いえ、出席日数とか大丈夫なのかなって」

「あ、そういうこと。余裕余裕。早瀬が代返してくれているし」

「私、けっこう心配していますよ?」

厳しい表情をする冬月。そういう顔はあまり見たことがなかった。

「僕より、冬月は大丈夫なの?」

「? どういう意味です?」

「いや、そっちこそ、大学大丈夫かって」

「大学?」

きょとんとして、そして冬月は静かに言った。

「私、大学行ってませんよ」

血の気が引いた。この切り返しは予想外だった。目の前が真っ暗になっていく。

そこから……記憶がないということなんだろうか、と。

高卒認定を取って、がんばって大学生になったんじゃないのかよ。

なんでこんな現実離れしたことになるんだ。

「話をそらさないでください。今は、空野さんの大学です」

もう疲れてきた。

心が限界だった。

「ボランティアは素晴らしいことだと思いますけど、やっぱり本分をおろそかにしちゃいけないと思うんです」

考えたくない。

「…………」

「…………」

少しの間、黙っていた。

沈黙が流れたそのとき、

「空野さん？」

「ん？」

「どこか行っちゃったのかと思いました」

「……気配、消してたからね」

いつもの返しをした。

いじわると、甘えたように怒る冬月が好きだった。

あの、いつものやりとりが宝物だった。

けれど、

「冗談はやめてください」

そう、冬月は尖《とが》った声を出した。

「聞いてます？」と不機嫌そうに言って追い打ちをかけてくる。思考が停止していく。

考えたくない。考えない。考えたくなくなった。

「べつにいいよ、僕の大学のことなんて」

声が大きくなる。他のボランティアさんの視線が集まってくることはわかった。

けど。

だけど。

これ以上はきつかった。

みんなを忘れて、自分が苦労して摑《つか》んだものまで忘れて。

そんな冬月を目《ま》の当《あ》たりにして、どうしろと。

「ちょっと、どうしたんですか」

冬月が不安そうな声を出して、ゆっくりと空間を探して、肩に触れてくる。白みがかる視界の中、触れてくれる。触れてくれた。

しかし、不安そうにする冬月の手を、僕は振り払った。振り払ってしまった。

「べつに」

なんでもない！

そう叫びそうになったときだった。

「ちょっと外で話しましょ？　ね？」

困ったように無理に笑って、冬月はそう言った。

周りを見ると、自分に視線が集まっていた。どう見ても情緒不安定だ。

「ごめん」

なにがごめんなのかわからない。

けど、ごめん。

キッズルームを出て、冬月と空中庭園へ向かった。

冬月は僕の腕と手すりを摑んで、僕を庭園へ誘導した。ひさしぶりに触れられた冬月の手は、前に何度か触れた冬月の手よりずっと冷たく感じた。

庭園に出ると、むわっとする初夏の湿気にむせそうになった。

冬月は遊歩道の手すり伝いに歩いていく。その先にベンチがあって、そこに座る。

深呼吸のあと、ふう、と短い息を吐いて、冬月は切り出してきた。

「整理しましょう」

「整理って？」

「私は空野さんたちと同じ大学に通っていた、ということですか？」

「うん。そう」

「で、私と、空野さんたちは知り合いで、急に私が記憶を失っているように見える、と」

「そう」

冬月はまっすぐ見てきた。見てきたというより、声がする方に顔を向けたというべきか。

「だから正直動揺している。どうしたらいいんだろうって」

逆に、と冬月は切り返してきた。

「逆に私にどうしてほしいんですか？　思い出してほしいんです？」

「……そりゃ」

「それは、はっきり言って迷惑ですよ」

「迷惑？」

予想外の返答に、クエスチョンマークが付く。

なんだ迷惑って。どういうことだろうか。昔の記憶を思い出したら迷惑だって？

僕が大切にしていたものは、冬月からすると価値のないものだったのだろうか。

心臓が破裂するじゃないかってくらい脈打って、痛い。どくどくと耳元から聞こえ、頭が痛くなった。庭園の木々から蟬《せみ》の鳴き声がして、さらにうるさくて、追い立てられるような気分になる。

なんだよ、それなんだよ。思考がまとまらない。

すると、なぜか満面の笑みを作った冬月が涼しい声でこう言った。

「私、あともって半年らしいんです」

さらに続けた。

「肝臓にがんが転移してて、私、もうちょっとで死ぬんです」

死ぬんです――いとも簡単に、冬月はその言葉を口にした。

「死ぬってわかっているのに、そんなの、思い出しちゃったら、つらいじゃないですか。それに空野さんもいずれ死ぬ私を、もう、構わない方がいいですよ」

――時間の無駄になっちゃいますよ。

あっさりと、冬月はそんな悲しいことを言う。

目頭が熱くなって、視界が歪《ゆが》んだ。つう、頬《ほお》に温かい雫《しずく》が流れていく。

「そっか」涙が止まらない。「そっか」

ぬぐってもぬぐっても涙は止まらなかった。

「ごめん。なんか、へんな、絡《から》み方して、ごめん」

「？　大丈夫ですか？」

冬月に、泣いていることは気づかれたくなかった。必死で嗚咽《おえつ》をこらえた。

「本当に、死ぬの？」

「そうですね。なんとなく、わかるんです」

軽々と、そう認めた。

もう三回目ですからね。そう言って、冬月は微笑んだ。

それは覚悟なのだろうか。それとも自棄なのだろうか。

「先週から化学療法が始まって、正直、体調がわるいんです。あと二週間ぐらいしたら、病室から出られなくなります」

――だから。

「もう、忘れてください」

――私を。

「忘れてください」

満面の笑みで、そう言った。

「わかった」

そっか。そっか。そういうことなんだろう。

心が折れる。

体の奥底で、ぽきっと音がした。そんな気になった。

自分でも声が震えていることがわかった。

「しつこくして、ごめん」

謝った。なにがわるいのかよくわからないまま、謝った。

涙が次々とこぼれてくる。冬月が好きだった分だけ、その想いを外に追いやろうとしているようだった。どんどんあふれてくる。ハンカチがなくて手のひらでぬぐうしかなかった。顔がぐちゃぐちゃになって、どうしようかと、困ってしまった。

＊

冬月は、僕を置いて手すり伝いに自室に帰っていった。

涙でぐちゃぐちゃだった僕は、落ち着こうと空中庭園のベンチで休んでいた。

「君は、冬月さんの、学友かなにかかい？」

白衣を着た中年の医者が話しかけてきた。

その医者は若々しくあったが、目のくまがひどく、くたびれたように見えた。

僕が不信感丸出しで見ていたのだろう、

「私は冬月さんの主治医だよ」

と、両手を上げて安全性をアピールしてきた。

「主治医さんでしたか」

正体がわかったところで軽く会釈すると、主治医はあろうことかたばこに火を付けた。

驚いた。こんな共有スペースで吸うのかと。

「言っておくけど、ここ喫煙スペースだからね。君がいる方がわるい」

「だとしても、副流煙って知っていますか？　体に悪いんですよね」

冬月のことで頭がいっぱいだったとはいえ、攻撃的な自分の物言いに後悔した。

じゃあ少しの間だけ息を止めてくれると助かるね、そんなことを言いながら主治医はニヤリと笑った。

「失礼なこと言ってすみません。けど、冬月の主治医っていうことは、がんのお医者さんなんですよね。たばこは肺がんのリスクが高まるそうですよ」

「私は毎月検査しているから大丈夫だよ。早期発見なら自分で治せる」

飄々《ひょうひょう》とたばこをくゆらせる主治医は話しやすそうな人だなと、そんな印象を受けた。

「聞いていいですか?」

「んー?　冬月さんの記憶のこと?」

先を見越したように主治医は言った。

「そうです。そもそも記憶がなくなったりするものなんですか?」

主治医は空に向けてふーっと紫煙を吐いた。

「脳の記憶の部分にがんができたら、可能性としてはゼロじゃないね。ただ、冬月さんの場合、がんの転移先は肝臓。本来、記憶を失うことはまずないね」

「だったら、なんで」

「可能性の可能性だけど、抗がん剤治療を始めると、記憶が混濁することがある。昨日のことが思い出せない、頭がぼうっとする。ケモブレインって言うんだけどね。強い薬を使うと、そうなる場合はあるんだよ」

「じゃあ、今回も」

「ただ、冬月さんの場合、ケモブレインの症状とは違うんだよね」

「どういう意味ですか？」

「病気や薬が原因ではないと思うんだ。なにか精神的なもの、自分で記憶にふたをしている、とでも言うのかな」

「ふた……」

「記憶を刺激したら、なにか起きるかも……って感じかな。試してみるかい？」

「ダメですよ、僕、さっき冬月に拒否られましたから」

医者はため息交じりで煙を吐いた。

「まあ、気が向いたらでいいよ。まずはがんを小さくすることが先決だから」

「教えてください」

「なんだい？」

「冬月のがんは、治るのでしょうか」

主治医はたばこを消してこちらを見る。

「まあ、五パーセントってとこかね」

「死ぬ確率ですか？」

「今年いっぱい命が持つ確率。五年生存率は絶望的だろうね」

主治医はがんについて詳しいことを話していた。

しかし、まったく耳に入らなかった。

今年は持って五パーセント。

五年間は、命は続かないだろう。

それほど冬月の命の灯火《ともしび》は、消えてしまいそうだった。

だから冬月は、忘れてくれと言ったのか。

胸が締め付けられて痛かった。

主治医は去り際に、強い目をして「まあ、治すけどね」と口にした。

*

あれから三日がたった。

いきなりボランティアを辞めるわけにはいかず、代わりに早瀬が行ってくれた。

もう、冬月と会うのがつらかった。

もう、冬月を見るのもつらかった。

四限が終わって、いつものテラスの日向でぼうっとしていた。日が照っていて肌がじりじりと焼けていくのがわかる。さらにぼうっとして肌を焼き続けている。遠くには入道雲があって、入道雲の下では豪雨が降っているのかと想像した。晴れのすぐそばに豪雨がある、人生そんなものかもって、妙に哲学的な思考に陥《おちい》る。さきほど哲学Ｉの講義を受けたからだろうか。

「大丈夫？」

唐突に、声がした。

声をかけてきたのは、無精ひげの痩せた男――いつかの花火サークル代表だった。

「なんとか先輩」

「あいまいだな。琴麦《ことむぎ》だよ」

「すみません」

先輩はＴシャツ短パンにビーチサンダル姿で、バケツ片手に釣り竿《ざお》を担《かつ》いでいた。見るからに今から釣りをしますといった格好だ。たまに思うことがある。この大学は自由すぎないかと。

「あの目が見えない女の子は？」

冬月のことを言われると、涙ぐみそうになった。やめてくれ。

「今、入院しているんです。体、わるくしちゃって」

「あらら。彼氏だったらそばにいてあげなよ」

「彼氏じゃないです」

「付き合っていなかったんだ」

「フラれました」

だめ。泣きそうになるからやめてくれ。

「つらいときは、花火だよ」

あっけらかんとそんな物言いをする先輩にムッとしてしまう。こっちは落ち込んでいるというのに、「再来週から花火大会が始まりだしてね」とマイペースに花火の話をすることに、だんだん腹が立ってくる。

「そういえば聞いてよ」

先輩が困ったような顔をした。

無意識か、ぶっきらぼうな声が出てしまった。

「どうかしたんですか」

「いや、この前学祭で、花火中止になったでしょ？　あのおかげでちょっとトラブってんだ」

トラブルがある、という割には焦《あせ》りが見えない。

先輩は聞いてもいないのにべらべらと話した。

「花火のキャンセル料なんだけどね。知り合いの花火師は作ったもの全部買い取ってくれって言って、学祭実行委員は別の大会でも花火は使いまわせるんだから設置費用しか払わないって言って、両者平行線なわけ」

板挟みになるこっちの身にもなってほしいよ、と続けたが、心底どうでもいい内容だった。

「ってか大学って、花火を打ち上げていいんですね」

どうでもいい会話をどうでもいい内容で打ち返したつもりだったが、先輩は「よくぞ聞いてくれました」みたいな顔をして意気揚々と花火の打ち上げに必要な手順と、必要な申請などなどを語りだした。しまった、スイッチを入れてしまったと後悔する。

話半分で聞いていたが、花火を打ち上げるには都道府県への届け出や消防の審査等々がいる、ということは伝わった。案外、簡単にはできないらしい。

けどねそれには抜け道があってね、とうれしそうに先輩は続ける。

「二号玉五十発、三号玉十五発、四号玉十発で、途中にナイアガラや仕掛け花火をして、計三分のプログラム。花火総数七十五発っていうくらいの火薬量なら無申請でできるんだよ」

「へー知らなかったです」

こっちは棒読みなのに、反応があったことがうれしかったのか、そんな顔をする。

なぜか気に入られて、「そうだ、今から釣りするんだけど、来る？」と無邪気な瞳《ひとみ》で誘ってくる。気分が落ちているとき、この人の相手はつらい。

「今の時期は小アジが釣れてね。それを学食のおばちゃんがフライにしてくれるんだー」

話が止まらない。「ええ」とか「はい」とか、あきらかに興味なさそうにしているのに先輩のトークは続く。

――勘弁してくださいよ。

そう言おうとしたときだった。

「そうそう」

琴麦先輩がポケットに手を突っ込んだ。あれとか、どこかなとか言いながら先輩はズボンのポケットに手を突っ込んだり、釣り道具入れや鞄《かばん》に手を突っ込んだりして、なにか探し始めた。

「じゃあそろそろ帰ってレポート書きます」

ついイラッとしてしまって席を立とうとしたそのときだ。

「あった。あった。これってさ、君の彼女さんのじゃないの？」

先輩が肩にかけた鞄から取り出したそれに見覚えがあった。

見た瞬間、自分で気づくほど目を見開いていた。

さっきまでまるで生命力のなかった僕の心臓もバクバクと痛いほど脈打ち始める。

それは凹凸の文字でなにか書かれた栞《しおり》。

なくなったと思っていた黄色い栞だ。

『かけるくんには、ぜひ読んでみてほしいですね』

そんなことを言っていた冬月の顔が脳裏に浮かんだ。

「これ……どこに」

栞を受け取ろうとする手が震えていた。

「研究会のプレハブ前に落ちていたよ。点字の栞って、あの子のものなのかなって。見かけたら渡そうと思っていたけど、入院しているなら君に渡しておくよ」

この奇跡をどう感謝すればいい。

気づけば琴麦先輩に抱きついていた。

「先輩ありがとうございます！　まじ感謝します！」

「わっ！　ちょ。苦しい」

ひったくるように先輩から栞を受け取ってまじまじと見る。

やはり冬月の栞だった。

角や側面が擦《す》れ、ところどころ汚れている。

冬月の栞が戻ってきた。

冬月の栞が戻ってきたんだ。

泣きそうだった。

撫《な》でると愛《いと》しい感情があふれてくる。

「すみません！」

気づけば叫んでいた。

「ちょっと用事できました」

根拠はないけど、栞を読めば事態が好転する気がした。

先輩はなにか察したのか、がんばれよ！　と釣り竿を掲げた。

それから大学にある図書館に走った。
図書館は閑散としていて、受付前を走ると「走らないでください！」と注意された。
上がる息を抑えながら、点字の辞書を探す。
点字の辞書なんて探したことがないから見つからない。
図書館にあるPCで棚を検索した。
『死ぬまでにやりたいことリストっていうのでしょうか』
なにが書いてあるんだろう。
『人間、いつ死ぬとも限りませんから』
あれはたぶん、冗談じゃなかった。
もしかすると冬月は不安と戦っていたのかもしれない。
冬月がずっとやりたかったこと。それが、ここに書いてあるかもしれない。
そういう気がしてならなかった。
厚い辞書をめくると、ふっと本の匂いがした。
ぺらぺらとめくって、どう読むんだろうと辞書の使い方から解読する。
ひと文字ひと文字解読していく。わずか三行の解読に三時間ほどかかった。

――第一文。
のみかいにいく　さーくるにはいる
涙腺が崩壊した。
体を震わせながら嗚咽を漏《も》らしていた。
高卒認定を取って、大学に入って、新歓コンパに参加して……。
この栞を頼りに、夢を叶《かな》えようとする女の子がそこにはいた。

――第二文。
ともだちをつくる　かいものにいく
友達もできた。花火も買いに行った。
そばには自分がいた。そう思うと、うれしくて、苦しくなる。

――第三文。
はなびをする　こいをする

解読が終わって、気づけば突っ伏して号泣していた。

図書館はだれもいない。だから遠慮なく泣くことができた。

「できてないじゃん」

だから花火を買いに行ったんだ。

だからサークルに入りたいって言ったんだ。

「できてないじゃん」

自分まで悔しくなって、嗚咽が止まらない。

「そうだよ」

ぼそりと、口が動いていた。

「そうだよ、そうだよ」

『自分たちで打ち上げ花火とかできたら、素敵だろうなあって思うんです。特別な日になるだろうなあって。一生の想《おも》い出《で》というか』


冬月の言葉を思い出す。

叶えてやればいいんじゃん。

あれほどやりたがっていた花火を叶えてやればいいんだ。

余命が云々《うんぬん》は知らない。
『人間、いつ死ぬとも限りませんから』
その通りだ。
だからって、あきらめる必要なんてない。
――あきらめる必要なんて、ないじゃん。
自分に言い聞かせるように、そうつぶやいていた。

図書館を出ると、すでに空は茜《あかね》色になっていた。
遠くにあった入道雲は消えていた。
空は雲ひとつなく色づいていて、どこにも雨の気配はなかった。
僕はスマホを取り出して電話をかけた。

7. 花火の絵

人に依存しないと思っていた。けどそれは、自己防衛に似たあきらめに近く、自分の根っこにあるものがこんなにも執拗《しつよう》なものだったのかと驚いている。

＊

あんなに泣いたのに、また懲りずに病院に顔を出す自分を嘲笑した。

今日は絵本の読み聞かせの日だった。早瀬《はやせ》のワントーン上げたやわらかい声がキッズルームに響き、こどもたちは絵本に夢中になっている。

「お姫さまはちいさな果実をひとくち食べると、ぽろぽろと涙を流しました」

魔女が作った『真実の実』なる果実を口にした姫が、王子を案じてついたうそをわんわん泣いて懺悔《ざんげ》している。そのシーンで涙をためている子たちもいた。

「そうして、お姫さまと王子さまは幸せに暮らしました」

真実を知った王子さまの縦横無尽の活躍で、物語はハッピーエンドに終わり、こどもたちも最後はうきうきして聞いてくれていた。

こどもたちは楽しそうだけど、後ろの方で椅子《いす》に座る冬月《ふゆつき》はつらそうに見えた。

どこか息が上がっているように見えた。

絵本タイムのあとの、ピアノの時間。

冬月はミスが多く、何度も曲を中断させた。

その翌日。

ボランティアに行くと、冬月の姿は見えなかった。

どうやら体調を崩したらしかった。


その翌日。

も、いなかった。

冬月の病室は知っていた。

ある日、ふらついている冬月が心配で、声をかけないまま病室まで着いていったことがある。

その完全なるストーカーみたいな行動に、そのときは自分のことが怖くなったが、今ではナイスと言ってやりたい。

キッズタイムに参加した早瀬と鳴海《なるみ》と別れたあと、そのまま僕は冬月の病室に向かった。

さすが大病院というか高級病院というか、病棟は全室個室だった。整然と並ぶ部屋の表札には、ひとり分の名前しか記載されていない。キッズルームからワンフロア上がって、七階西館にある「冬月小春《こはる》様」の部屋の前に立った。

ノックしようとしたとき、部屋から声がした。

『本当に切っちゃうの？』

『うん。お願い』

　そろり、と少しだけドアをスライドさせて、中をのぞいた。

　ドアの隙間《すきま》からだと白いベッドの足元しか見えず冬月は確認できなかった。その代わり着物を着た女性が見えた。着物には詳しくないが、ぱっと見で高いものとわかる着物だった。肌触りの良さそうな生地は淡い群青色で、扇子が描かれている。

　その着物の女性は冬月によく似た女性だった。冬月をさらに垂れ目にしておっとりさせた感じ。きっと母親だろうと思った。母親と思われるその女性は、ハサミを持っていた。

　冬月のおかあさまは隙間からのぞく視線に気づいたのか、ドアの方を見てきた。そして目が合う。やっべえ、と心臓が止まりかけたが、おかあさまは、ぱっと明るい顔をして、自身の唇に人差し指を立てた。シー、というしぐさだった。

「わかったから、おかあさん、ちょっと飲み物を買ってくるわね。ふふ」

　と、ベッドの方に告げて、ちいさい歩幅でぴよぴよと入り口の方に駆けてくる。そして部屋から出て、ぱちくりと興味津々な目をこちらに向けてきた。

「(小春のお友達？)」

　と、ひそひそ声を出すおかあさま。

「あ、はい」

　と、声を出すと、「シー！」とされた。

「（小春に気づかれないうちに、あっちで話しましょう）」

胸元《むなもと》にハサミを抱えて、ふふふと笑うおかあさま。置いてくればいいのに、ハサミの指穴に人差し指と親指を通している。猟奇的にも見えるし、だいぶ天然にも見える。さすが冬月のおかあさまだ。


自動販売機前のソファーに腰かけ、おかあさまは目線を合わせてにこっと笑う。なまじ冬月に似ているからか、今まで冬月とは叶《かな》わなかった「目が合う」が実現できて不思議な感覚がした。

「おにいさんは、小春のお友達なの？」

「あ、はい。空野《そらの》かけると申します。同じ大学で」

そう言うと、おかあさまは「大学？」と口を挟んできた。

「やっぱりあの子大学に通ってたわよね」

「あ、はい。同じ学科でしたから」

「よかった〜」

と、ソファーに倒れ込むおかあさま。

「あの子、入院してから『私は大学なんか通ってない』の一点張りで、私がどうかしちゃったのかと思ってたわ」

「家でもそんなこと言っているんですか」

「なにか言われたの？」

「……まるで、僕たちを忘れたみたいで」

言うと、おかあさまは目を丸くした。

もしかして、傷つけてしまっただろうか。

もしかして、こんなこと言わない方がよかっただろうか。

申し訳ない気持ちがじわじわと胸に押し寄せてくる。

しかし意外にも、おかあさまは柔和に微笑《ほほえ》んだのだ。

「そうですか……空野くんたちにもつらい思いさせましたね」

悲しさなど見せない表情に、胸が締め付けられる。

「いえ、僕はいいんです」

「そんなことないよ。つらいでしょ」

「大丈夫です」

そっかー、と笑うおかあさま。なぜそんなににこにこできるのか。

無意識か、「おかあさんこそ、つらくないですか？」と聞いてしまった。

「まあ、『おかあさん』だなんて。もしかして」

「ち、違いますよ」と焦って否定すると、「冗談よ」とおかあさまは笑った。あはは、あはは、とさきほどからよく笑う。この母にしてこの子あり。さすが冬月の母だと思った。

「こんなこと空野くんに言っていいかわからないけど」

おかあさまは静かな声を出して一拍置いた。


「つらいですよ」


そう平然と告げる声に、全身がこわばる。

「なんで強い体に産んであげられなかったんだろうって、悔やまなかった日はないです」

けど、と続けた。

「私がつらい顔していたら、あの子がかわいそうじゃないですか。どうせ乗り越えなきゃいけないことなら、となりで笑ってあげないと」

おかあさまの目元にはうっすらと涙がたまっている。つられて視界がにじみだす。

「だからね。あの子のそばにいてあげてほしいの。つらいかもしれないけど、笑ってそばにいてあげてほしいの」

「わかりました」そう答えると、「ありがとう」とにこっと笑って、ハサミをチョキチョキと動かした。

「そのハサミはどうしたんですか？」

おかあさまはハサミを見て、ああ、と言う。

「髪の毛を切るんですって。そろそろ薬の影響で抜けちゃうからって。もう三回目になると、自分がどうなるのかわかるのよね、きっと」

「……そうですか。長くて綺麗《きれい》な髪だったのに」

「あ、けど、切って捨てるんじゃないのよ。ヘアドネーションって知ってる？」

「ヘアドネーション？」

スマホを取り出して検索する。病気などで髪を失ったこどもたちへ自分の髪を寄付する活動のことらしい。寄付された髪の毛はウィッグになり無償で配られる。求める人は多く、たくさんのこどもたちが順番待ちしているようだ。

「これから冬月も抜けていくなら、自分用のウィッグにすればいいのに」

そう言うと、「んーん」とおかあさまは首を横に振った。

「自分も昔、抜けて悲しかったから、そんなこどものために、髪の毛を贈りたいって」

「たしかに」

そこまで言って、言葉に詰まった。

ふいにきた冬月らしさに、我慢しないと涙が出そうになる。

深呼吸して、さらに深い息を吸って、なんとかこらえた。

「たしかに、冬月はそんなこと言いそうですね」

「言うのよ〜。親ばかかもしれないけど、よくできた娘だと思う」

じゃあ、またお見舞いに来てね。

そんな言葉を残し、おかあさまはハサミを握ったままの右手を振って、病室に戻っていった。

＊

「今日はこの紙に、花火の絵を描きましょう」

本日のキッズタイムでは、こどもたちと花火の絵を描くことにしていた。

型物花火《かたものはなび》といって、スマイルとか、星型とか、花火で絵の形を表現する花火がある。

そのデザインをこどもたちにしてもらおうというものだ。


一週間前、図書館で冬月の栞《しおり》を解読したあと、電話をした相手は早瀬だった。

そして僕は開口一番こう言った。

『花火をしよう』

学祭で打ち上げるはずだった花火をしようと、学祭実行委員だった早瀬に相談していた。

『記憶を刺激したら、なにか起きるかも』

主治医の言葉も共有して、冬月が見られなかった花火をしようと話をした。

何日も企画を練った。

学祭実行委員の早瀬と花火を企画するにあたって、病院のこどもたちも見られないか、という話になった。花火サークル代表の琴麦《ことむぎ》先輩に相談していくうちに、「こども花火」という企画にまとまっていった。それを大学や花火製作会社など関係各所に説明して、学祭の日に打ち上げられなかった花火を納涼花火大会として催そうという話にまとまっていった。

こどもたちは、んしょ、んしょ、とクレヨンや色鉛筆で思い思いの花火の絵を描いている。

キッズルームに、冬月はやってこなかった。

仲良くなった看護師のおねえさんの話によると、病室で横になっているらしい。

個人情報だからと、病状を知ることはできなかった。

キッズタイムが終わり、「これ、よろしくね」と早瀬は白い紙と色鉛筆を渡してくる。

「わかった」とうなずいて、早瀬と別れた。

早瀬はこどもたちが描いた絵を持って大学へ。

僕は冬月の病室に向かった。

病室に向かうとき、おかあさまとすれ違って、にこっと笑顔を送られた。

「ありがとうね」

「いえ。連日おしかけて申し訳ないです」

「小春をよろしくね。私は用事で出てくるから」

おかあさまの手には画面が蜘蛛の巣状に割れた冬月のスマホがあった。

「この前、あの子が部屋でこれを壊しちゃったみたいなの。やっと同じ機種が届いたから受け取りに行くのよ」

「そうですか」

「あ、これね。マスクと殺菌スプレー。もしかするとあの子、寝ているかも」

おかあさまからマスクを渡され、手に殺菌剤を吹きつけられる。そのことからも、冬月の病状が悪化していることが伝わった。


冬月の部屋の前に来て深呼吸した。

深呼吸で気持ちを落ち着かせ、病室をノックした。

しかし、ノックしても返事はなかった。

「失礼しまーす」

まるで泥棒のようにそろりと部屋に入ると、冬月は眠っていた。可動式のベッドの背もたれを上げ、冬月は体を起こした状態で寝ていた。

窓が開いていた。カーテンが揺れるたび入ってくる涼しい風は、都会にしてはめずらしく、澄んでいるように感じた。

冬月の髪の毛はばっさりと切られていた。今まではお嬢様ロングヘアという感じだったが、今は耳が出るくらいのショートヘアだった。

僕はベッドの横の椅子に座って、窓から流れる風を感じていた。

横から、すうすう、と冬月の寝息が聞こえてくる。

冬月の寝顔は、まるで白雪姫のようだと思った。

見ていると、なんというか、愛《いと》おしさが胸にあふれてくる。

気配を消して、なるべく起こさないようにして、冬月の寝顔を眺めていた。

こんなやすらかな時間が、ずっと続けばいい。

そんなことを考える一方、冬月を蝕《むしば》む病魔のことを考えると体の芯《しん》が冷たくなった。

なぜ冬月にばかり、こんな運命を与えるのか。

今年、命が続く可能性が五パーセント。

そんな数字を思い出すと、このやすらかな寝顔が急に怖ろしく思えてくる。

死が脳裏をかすめ、冬月を失う絶望が僕を襲った。

涼しいと感じていた窓からの風も寒気を感じるようになる。ゆっくりと窓を閉めた。

窓を閉めるとき、キイ、と音が鳴ってしまった。やっべ、と肝《きも》が冷えた。

その音に、冬月はびくっと反応して、ん〜、と伸びをした。

「おかあさん？」

目を開けて僕の方へ視線をやる冬月。見られたような錯覚がしてどきりとするが、冬月は僕に気づくことなんてなかった。

「窓は開けてていいよ〜。涼しくてよかったから」

甘えるような声を出す冬月は新鮮だった。寝返りをうつ背中を見ていると笑いそうになってしまう。すると冬月が、いっこうに反応のない母親を怪訝《けげん》に思ったのか、

「おかあさん？　すみません、それとも看護師さんですか？」

と、焦《あせ》った声を出し始めた。

これ以上黙っておくことも気が引けたので、僕は声をかけた。

「ごめん、空野です」

僕の言葉に冬月はぽかんとして、思い出したかのようにむっとして、ナースコールを手探りし始める。

「ちょっと、ちょっと！」

「なんで勝手に入っているんですか」

「いや最近、顔を見せないから心配しただけだよ」

「この前、もう忘れてくださいって言ったのに」

「いいじゃん。お見舞いぐらい。おかあさんに頼まれてるし」

「母と会ったんですか？」

冬月は怒って背伸びしたかと思ったら、うっ、と心臓を押さえて身を丸めた。

左腕には点滴の管がつながっていて、ソルデムと書かれた透明な袋が点滴スタンドにぶら下がっていた。

「大丈夫？」

「ちょっと、時間、ください」

はあ、はあ、はあ、と冬月は呼吸を落ち着ける。顔色も青白く、汗が浮かんでいた。そういえば痩せたようにも見える。

「ごめん」

よくわからないまま、謝ってしまう。

「空野さんがしつこいから。どうしたら、忘れてくれるんですか」

「ごめん」

また、よくわからないまま謝ってしまった。

「謝んないでください」

「大丈夫なの？」

「きついですよ」

見えない瞳《ひとみ》でこっちを向いて、にこっと笑う冬月。

いつも心から笑っていた冬月の笑顔ではなく、憂い、みたいなものがそこには込められているように見えた。

「最近、水を飲んでも吐いちゃうんです。だから点滴してもらっていて」

「副作用？　強い薬なの？」

「強いですよ。白血球の数とか少なくなって、口の中とか口内炎だらけになりますし」

話しながら、息を荒くし、冷や汗を浮かべる女の子がそこにいた。

「引きました？」

——忘れた方がいいですよ、私なんて。

そんな言葉を続ける冬月。

「引かないよ。全然」

「……本当に、あきらめがわるい」

そう言って、冬月はそっぽを向いた。そのままか細い声で続けた。

「来週くらいには髪の毛が抜け始めるんじゃないかって、お医者さんが言っていました」

「そう、なんだ」

「それが一番嫌なんですよね」

今日の冬月は、よくしゃべる。

自分が不安に思っていることを口にしないと、つぶれてしまいそうなのかもしれない。

それとも、ただ、自暴自棄になっているだけなのか。

「私、目が見えないから、自分がどうなっているかわからないんです」

だんだんと冬月の声が湿り気を帯びてくる。聞いているこっちまで苦しくなってくる。

「手触りだけで、想像するのって、とてもつらい」

ついに、んっく、と泣き始めた。

初めてだった。冬月が泣いている姿を目の当《ま》たりに《あ》した。

愛おしい気持ちは、胸の苦しみにかき消され、首が絞められているような感覚がやってくる。

そして、冬月はついに「死にたい」とちいさく口にした。

あの冬月が、と驚く。いつも笑っていたあの冬月が、と。

が、それは、どの冬月というのだろうか。

僕が勝手に想像して、作り上げた冬月じゃないのか。

今、目の前で、肩を震わせている冬月が、冬月ではないのか。

なにができるだろう。なにができるんだろう。

こういうとき、背中でもさすった方がいいのだろうか。

一瞬、触れることにためらいを感じた。

が、大切に想《おも》う人が泣いていて、なにもしないのは嫌だった。

背中に触れると、びくんと冬月が反応した。嫌がられるかな、と思ったが、意外にもなにも言われなかった。なるべく落ち着いた声を出すことに集中した。

「大学でさ、こども花火って企画があるんだ」

「こども花火？」

「病院ボランティアの一環でこどもたちの絵を花火にしようっていう企画。うちの大学で今度やるんだ」

冬月の理解を待つようにゆっくりと提案する。

「そこで相談なんだけど、冬月も絵を描かない？」

「私がですか？」

「そう。今日、絵を集めて花火会社に送るんだけど、製作期間と準備期間があって、打ち上げは九月末なんだ」

だからさ、と続ける。

「だからがんばろうよ。あと三カ月とちょっと。それまでには体調よくなるぞって、目標にしようよ」

なんで、と冬月は声を上げた。

「なんでそんなこと言うんですか！」

冬月にしては大きな声が出ていた。

「つらいって言っているのに！　なんでもっとがんばろうとか……残酷なことを言うんですか」

両手で顔を覆《おお》って、冬月は泣き始める。

ぽたり、ぽたりと、涙が白いシーツにこぼれていく。

「これ。触れる？」

目の見えない冬月の腕を取って、あるものを触れさせた。

それは拾った黄色い栞だった。

冬月は栞を撫《な》でた瞬間、驚いたような表情をした。

「これ、私の？」

「ごめん、読んだんだ」

「……ずるい。……ずるすぎます」

ん、んと、また涙で頰《ほお》を濡らす冬月。

そんな冬月の肩を摑《つか》んで、自分の中にある全ポジティブを引っ張り出して、声にした。

「目標、あったほうがいいじゃん」

深く傷ついてなお、他人に髪の毛を寄付するような想い人を、元気づけたかった。

「そうやって泣くより、目標があったほうがいいじゃん。がんばろうよ。闘病のつらさは緩和できないけどさ。見舞いは来るよ、話は聞くよ、励ますことはできるよ、だからさ」

――がんばろう。

冬月が見えないとわかっていても、そう笑ってみせた。

笑顔は、声で伝わるかもしれない、雰囲気で伝わるかもしれない、一パーセントでも伝わるかもしれない。一パーセントあれば十分だった。無理やりに笑顔を作って、冬月を励ます。

「大丈夫ですかね」

「大丈夫」

「私、がんばれますかね」

ぐちゃぐちゃに涙を流す冬月。その背中を、大丈夫、大丈夫、とさすっていった。

「……私も」

かすれた声で冬月が言う。

「私も花火を描いていいんですよね」

「もちろん」

「じゃあ、約束、してください。描いたら紙を折るので、空野さんは中身を見ないって」

「わかった」

「後ろ向いていてください」

「わかった」

「ちゃんと後ろ向いています？」

「向いてるよ」

冬月が指定した色鉛筆を渡すと、すぐ冬月はなにかの絵を描ききった。

「手伝いはいる？」

「このくらい、ひとりで描けます」

それから厳重に八つ折りにされた紙を受け取ると、絶対に見ないでくださいね、と念押しされた。

*

海の日を迎え、今日から夏休みが始まった。

多くの大学は八月から九月まで夏休みとなるらしい。

自分の通う大学は、小・中・高のときと同じ夏休み期間が設定されていた。鳴海たちの学科が七月末から八月末まで、一カ月の航海実習をするためのようだった。また、夏休みが明けた九月から前期試験を行うことも他の大学と比べめずらしい日程のようだ。

海の日の名に相応《ふさわ》しく、よく晴れた暑い日だった。

ボランティアではひさびさに三人そろってこどもたちと遊んだ。こどもたちには圧倒的に鳴海が人気で、鳴海が来ると男の子たちが「おにいちゃん！」と駆け寄ってくる。ちなみに僕は「おにいさん」と呼ばれている。

キッズタイムを終え、早瀬、鳴海と三人で冬月の病室に顔を出した。

冬月は会うたびに痩せていく。

「調子は？」

そう聞くと、

「少し」

と、少し楽なのか、少し苦しいのか、冬月はあいまいに微笑んでいた。

冬月のトゲのある口調は、だいぶ丸くなってきた。

しかし、ただただ苦しそうだった。

鳴海が関西弁でアルバイト先のことを武勇伝のように語り、早瀬が冷たくあしらう。そんな掛け合いも冬月はただ愛想笑いのようにしか笑えていなかった。


見舞いの帰り道、歩くだけで汗ばんだ。

途中、コンビニでアイスを買った。鳴海がサイダー味のアイスを選ぶので、つられて全員で同じものを買った。三人で並んで歩きながら食べた。

じゃりっと青い氷を砕くと、冷たさと同時に、食べなれたサイダーの味が口の中に広がる。

「うわっと」

鳴海が溶けかけたアイスの底の方をかじった。

夕方といえどまだ日は高い。照る太陽のもと、溶けないようにして食べるのに必死だ。早瀬なんかちいさい口で完全に間に合っていない。

「ちょっ、早瀬、こぼすなって」

そう注意すると、「だって、ぼたぼた落ちるんだもん」と体を反転させて鳴海の方に向く。

「うわ、こっち向かんて」

鳴海に言われ、再度こっちに振り向いてくる。

鳴海と一緒になって、「うわうわ」「だめだめ」と言い合いながら早瀬を挟んでいると、おかしくなって笑ってしまった。

「笑わないでよ！」

ぶすっと早瀬が声を上げたときだった。食べ残ったアイスがアスファルトの上に落ちた。

それを見て、全員で、あーあ、と見合わせた。

なぜだか笑いがこみ上げてきた。見舞い中、ずっと口を真一文字に結んでいた反動か、栓が開いたように大声で笑っていた。おなか痛い、とか早瀬が言って、なんでみんな同じアイスやねん、とか鳴海が言って。

「ちょっと早いけど、夜飯、ハンバーガーにせえへん？　月島《つきしま》にあるやん」

僕は同意したが、早瀬は「えー」と不満そうだ。

「早瀬はなにがいいん？」と鳴海。

「ずっと気になっていたラーメン屋があるんだけど」

聞くに、門前仲町《もんぜんなかちょう》駅を過ぎて首都高の高架下にラーメン屋があるらしい。先輩からうまいと評判を聞き、ずっと気になっていたそうだ。女ひとりでラーメン屋に入る勇気もなく、気軽に「先輩行きましょうよ」と積極性を出すのも気が引けていたと話した。

「僕たちならいいんだ」

冷ややかな視線を送ると、「そうだけど」と嬌笑《きょうしょう》する早瀬。

鳴海が後頭部に腕を組み、「じゃあ、月島から電車乗るかあ」と言って、妙に落ち着いた声でこう続けた。

「冬月んところ、大勢でおしかけるの、もうやめような」

「そうね」真剣な顔をして早瀬が言う。

調子のわるい冬月を目の当たりにして十五分も病室に滞在できなかった。

冬月の体調がわるいのなら長居しないことが正解なのだが、今日は単純に自分たちの居場所がわるかった。

つらそうな冬月を見ていることが、できなかった。それが心に影を落としている。

「俺《おれ》、夏休み入ったら、航海実習やん。だから八月終わりまで、寮に帰ってこないけど」

「そうなの？」早瀬が聞く。

「知らんやった？　俺らの学科はそうや。練習船で日本一周するんて」

「お土産はジンギスカンキャラメルがいい」と早瀬が言う。

「遊びに行くんやないんやから」

鳴海は困ったように笑うが、きっちり買ってきてくれそうな感じがする。

「じゃあ、私たちで、交代で行く？　小春ちゃんのお見舞い」

そう早瀬に聞かれ、思わず口をついて出た。

「僕が行くよ」

「ひとりで？」

「うん」

「私はいいの？」

「うん。むしろ、ひとりで行かせて」

わかった、と早瀬はうなずく。

「その代わり、花火企画の準備はするよ。花火で小春ちゃんの記憶が戻るかな」

「それはやってみないとわからないな」

そう言うと、「そうだよね」と重い空気になった。

「もともと一縷《いちる》の望みしかない賭《か》けなんだ。冬月とこどもたちに花火を見せられたら十分だよ」

早瀬も鳴海も、目を合わせてこくりとうなずいた。

「ってか、夏休みに実家とか帰らないいん？」と鳴海。

「僕は帰省の予定はないな。っていうか早瀬の実家ってどこ？」

「私？　私は実家暮らしだよ」

「え、清澄白河《きよすみしらかわ》が実家？　二十三区内に実家とか、富豪じゃん……」

僕がそう言うと、鳴海が「今日はお富豪様にラーメン奢《おご》ってもらおうや」と笑う。

「いやよ！　私んちただのサラリーマン！」と、なぜか「サラリーマン」をリズミカルに発音する早瀬に、鳴海とふたりで大笑いした。ぶーっと頬を膨らます早瀬と一緒に地下鉄に乗り込んで、三人でラーメンを食べた。

8. 夏休み

＊

冬月《ふゆつき》は黄色のニット帽をかぶっている。今日は顔色がよかった。

本人曰《いわ》く、薬に慣れて副作用が和らいでいるらしい。キッズタイムのこどもたちの話をしていると、冬月はうとうとしてそのまま目をつむった。

そのまま黙って呼吸を抑える。

窓辺には見慣れない花が飾られていた。太い茎にいくつもの白い花をつけていた。近寄ると強い甘い匂《にお》いがする。

「空野《そらの》さん？」

「ん？」

「どこか行っちゃったのかと思いました」

「ここにいるよ」

「黙っていると、いたずらされそうで怖いです」

「人をなんだと思っている」

「しつこい人、あきらめのわるい人」

「ええ……」

こっちが肩を落としている反面、冬月はうれしそうに顔をほころばせた。

「薬が」ぼそりと冬月が言う。「薬が効いているみたいで、少しちいさくなっているみたいなんです」

一瞬、部屋の中が静寂に包まれたような気がした。

いい意味での予想外な知らせに、言葉を失い、じっと冬月を見ていた。

「そ、そう！」

思わず、大声が出た。

「よかったね！」

その「よかった」は、冬月だけではなく、自分自身に対して口にしたことは自覚できた。

けど、さすがにこの感情は殺せなかった。

「よかったです」

「がんばったもんな」

冬月の目尻から涙がこぼれる。

ティッシュ取ってください、と言われ、手渡す。

やはり、どれだけ強がっても、怖いのだろう。

病気の話題から話をそらしたくて、話題を花瓶《かびん》の花に変える。

「この飾られている白い花、いい匂いがするね」

「はまゆうっていうんです。きっとおかあさんが挿してくれたんですかね。私の好きな花です」

「へー」

「出た、『へー』」

「ん?」

「いや、口癖なのかなって」

「そうかな」

「そうですよ。しょっちゅう言っていましたから」

へーと言うと、冬月がくすくすと笑った。

ホントだ、言っている。

「そういえば、この花って、冬月がLINEのアイコンにしていたな」

そう言うと、なにを言うでもない冬月は、目を細めて、どこかもの憂げな顔をしていた。

*

翌日。

冬月を尋ねると、病室にはだれもいなかった。白いベッドの布団《ふとん》はきれいに折りたたまれ、窓からは白いレースのカーテン越しに日の光が差し込んでいた。

それがどこか寂《さび》しげな雰囲気だった。

嫌な予感がした。

自然と早歩きになっていた。病室を出て冬月を捜す。冬月。冬月。冬月。どこ行った。

廊下を曲がった先に冬月がいた。腰よりも低い手すりに全身を預けながら廊下を歩いている。

「冬月！　どうしたの？」

「あ、空野さんですか？」

「空野さんじゃないよ。どこ行くの？」

「大丈夫ですよ。ずっと寝たきりだったので筋肉が落ちちゃって。たまには歩かないと、病気に負けちゃいます」

冬月は手すり伝いに、うんしょ、うんしょ、と歩いていく。病室と病室との間、手すりが途切れているところは、病室の壁に手を這《は》わせながら一生懸命歩いている。

「先生は良いって言ったの？　そんな無茶しちゃだめだよ」

「だって」

手すりを背にして、こちらに向いてきた。

ひたいに汗を浮かべる冬月は、笑顔を崩さない。

むしろ笑って、こんなことを言う。

「だって花火の日、自分で歩けなかったら嫌じゃないですか。私、その日まではがんばるって決めたんです」

応援してくださいよ、と冗談っぽく冬月は頰《ほお》を膨らませた。

「帰りは手を貸すよ」

「じゃあ、左腕を貸してもらえますか」

空中を手探りするようにして僕の左腕を摑《つか》んだ冬月は、一歩一歩、ゆっくりと歩いていく。

そのまま廊下を一周して、自分のベッドへ戻った。

「負けません」

そんなことを言う冬月は、見えない目でまっすぐ廊下の先を見ていた。

翌日。

冬月の容体が悪化したらしく、それから一週間、冬月に会うことができなかった。

*

基本的に大学生の夏休みというものは帰省やアルバイトなどで自らスケジュールを埋めないと暇で暇で仕方のないものとなる。

ふだん鳴海《なるみ》とふたり暮らしをしているものだから急にルームメイトに不在にされると、しんとした自室が妙に落ち着かない。クーラーがないから汗をかく。汗でTシャツが肌にひっついている。暑さでイライラして余計に落ち着かない。もちろん、落ち着かないのは、冬月の容体が気になるからでもあった。

暇だ。だからといって働く気もない。

冬月に会いに行こうにも面会謝絶。

本格的にやることがなかった。

帰省したいわけじゃないし、遊びに行く友達もいない。そもそも金もない。

早瀬《はやせ》に連絡を取ると、早瀬は花火製作会社に顔を出すという。僕もついていくことにした。


電車を乗り継いで花火製作会社に行くと、琴麦《ことむぎ》先輩がアルバイトをしていた。冬月の栞《しおり》を見つけてくれた手前、「空野くんも手伝って〜」と言われれば手を貸さないといけない気がした。

先輩は小ぶりなスイカほどの花火玉をいくつか胸に抱え、「あっち運ぶよ」と楽しそうにしている。

花火玉を天日干しするらしく、冷暗所から日があたるところまで玉を運ぶ。

早瀬は日陰でがんばれーと声を出している。

休憩しましょうよ、と言うと、先輩は花火製作会社にある小窓を指さした。

どうやら、一緒にのぞこうということらしい。

「今、玉貼《は》り中だね」

と、先輩。

作業服を着た人たちが、ソフトボールくらいの玉に短冊より少し太い紙を貼っていた。その人たちは、綿の手拭《てぬぐ》いを首に掛けていて、汗がにじむたびに手拭いで額《ひたい》をぬぐっていた。

「玉貼りって?」

「花火作りの最後の工程だよ。火薬を詰めた半円状の玉を二つ重ねて一つの玉にして、簡単に紙テープで貼っておくんだけど、そこからああやって、糊《のり》をつけたクラフト紙を貼っていくんだ。何枚も何枚も、規則正しく『米』の字を描くようにね」

「大変そうですね」

「重労働だよ。貼り合わせて、板でゴロゴロ転がして、貼り目の空気を抜いて、天日干しをして。乾いたらまたクラフト紙を貼って。それを何度も繰り返す。そうやって、破裂する時の内圧を均一化して、きれいな丸に破裂させるんだよ」

規則正しく、何度も何度も花火の玉に紙を貼り合わせていく姿を見て、「大変そうですねえ」と月並みなことしか返せなかった。

「何枚も何枚も重ねて、破裂するときのエネルギーにするんだ。だから、みんな打ち上げ花火が好きなんだと思うんだよね」

「どういう意味です?」

尋ねると、にこにこした先輩は、こんなことを言った。

「だれでも、胸の内に抑えているものってあるでしょ。花火って、それが『バン!』とはじけるからいいんじゃないの。きっと、みんな自分と重ねて、見上げているんだよ」

＊

その夜、寮のベッドで本を読んでいると、ひさしぶりにかあさんから電話があった。

かあさんの声を聞くと、ひさしぶりのはずなのに昨日も話したような感覚になった。学業と、寮生活のことなどひと通り話すと、安心した声が返ってきた。

『帰省してこないの？』

「うん。その予定はないよ」

『さては彼女だな』

「なぜそうなる」

電話の向こうのかあさんは、『三カ月もあったら彼女のひとりやふたりできるでしょ。こっちと違って東京《とうきょう》、女の子多いんだし』と、まるで東京をハーレムのように言う。

「おじさんとは仲良くしてる？」

『してるよ』

かあさんには同棲《どうせい》している人がいた。僕が高校三年になるときに出会った人で、柔和な感じのおじさんだった。邪魔してもわるいので、帰省するのも気が引けた。

「聞きづらいこと聞いていい？」

『なに？』

「もし、おじさんが病気で入院したらどうする？」

『そりゃ毎日、顔を出すかしら』

「病状が思わしくないいんだって」

『死ぬまで手をつないであげるわ』

あっけらかんと、そんなことを言う。事情も聞かず、答えてくれる。

「強いね」

『子育てしたら、だれだって強くなるのよ』

「簡単には強くなれないいか」

『弱くていいじゃない。私が言うのもなんだけど、あなたはやさしい子に育ちました』

「やめてよ」

恥ずかしくなって耳まで熱くなる。

『人と距離を置くのも、まあ、あれはかけるの若さよね』

「だからやめてって」

『だれかのそばにいるだけなら、強い弱いなんて関係ないのよ』

——そばにいてあげなさい。それだけでいいから。

「ありがとう」

その言葉が口をついて出た。

かあさんは捨て台詞《ぜりふ》のように、「いくらか振り込んでおくから」と電話を切った。どうやら金がないことを切り出せなかったように思われたみたいだった。

ベッドに横たわり天井《てんじょう》を見る。

無性に冬月に会いたくなった。開けた窓から蟬《せみ》の声とぬるい風が入ってきた。

＊

冬月の面会謝絶が解除されてからは毎日、冬月のところに通った。

八月になって暑さは日に日に増していた。

空の太陽は大地を焼かんと白色に輝いている。道路はかんかんに熱せられて足元からの照り返しが強い。上からも下からも焼かれていると、五分も歩くとTシャツが汗で張りついてしまう。寮から病院の約二キロの道のりを、溶けそうになりながら歩いて向かった。

がんも小さくなってきたらしく、冬月は積極的に体力を戻そうとしていた。

灼熱《しゃくねつ》地獄を渡りきって、エアコンの効いた病院に入った瞬間の、体が一気に冷える感覚は天国かと思う。早く会いたい気持ちを落ち着かせ、デオドラントシートで滝のように出た汗をぬぐい、病室に向かった。

「空野です」

「いつもありがとうございます」

「今日も行こうか」

ベッドから足を下ろした冬月にスリッパの位置を教え、左腕に掴まってもらう。冷たい手がそっと触れ、冬月の重量が加わる。

ゆっくり、ゆっくり歩いて病室を出た。

冬月は僕の左腕に掴まって歩いていく。

一生懸命な冬月との会話はない。会話はないが腕に伝わるものはある。踏ん張りが利かないときは、僕の腕を掴む手にぎゅっと力が入るし、自力で歩けるときはその力が弱くなる。ただ真剣な表情で冬月はまっすぐに目を向けていた。

三分で着く順路を十分ほどかけ、いつもの空中庭園まで歩く。空中庭園でひと休みして、また病室に戻る。冬月の調子に応じて、なるべく毎日、この散歩を続けている。

「よし。着いたよ」

空中庭園には日陰のところに自販機があった。その自販機の前にはプラスチック製のガーデニングテーブルと椅子《いす》があり、まるで大学のテラス席のような場所だった。

「なにか飲む?」

「自分で買えます」

「さすがマイ自販機」

「それやめてください」

自販機前に冬月を連れて行く。冬月は小銭を指で数えながら笑っていた。

空中庭園の自販機は大学と同じカップドリンクの自販機で、大学の自販機とはボタン配置が少し違った。冬月にはミルクティーの位置と、砂糖の調整ボタンの位置を教えた。

冬月は砂糖多めのミルクティーを選択する。

記憶がなくなっていても、この嗜好《しこう》は変わらないようだった。

冬月を椅子に座らせて、カップを目の前に置く。冬月は両手でやさしくカップを包み、そのまま両手で飲んだ。

「おいしい？」

「甘いミルクティーは最高です」

「虫歯になるよ」

「私、生まれてこの方、虫歯になったことなくて」

「口の中に虫歯菌がいない人はそうらしいね。キスとかそういうのでうつるらしいよ」

「そうなんですか。じゃあ、すごい覚悟がないとできませんね」

そう言って、冬月が顔をほころばせる。ゆっくりとミルクティーを飲む口元を見ていると、冬月とキスした日を思い出した。

あの日、冬月はその「すごい覚悟」を持って僕にキスしてくれたんだろうか。

聞いてみたい。

けど、記憶がないのであれば聞いても意味がないんだろう。

もどかしさと、切なさと、気恥ずかしさが心を占める。

ふと、あのときの顔を寄せる冬月の顔が浮かんだ。

顔が熱くなって、カップのジュースを一気にあおり、ちいさな氷をがりがりと食べた。

ふうと一息ついて、空を見上げた。

見上げる空はどこまでも青かった。日陰のところから光の強いところを眺めると目がくらむのか、より鮮烈に空が青く感じた。

空は雲ひとつなく、ビル風が頬を撫《な》でている。

冬月はコールドドリンクをまるでホットドリンクを飲むように飲んでいる。冬月はまっすぐ目線をやっていた。ぼうっとした目線をして、カップを両手に持つ冬月のしぐさを見ると、愛《いと》おしくなってしまう。

「空野さん?」

「ん?」

「どこか行っちゃったのかと思いました」

「気配、消してたからね」

「いじわるだなあ」

笑う冬月を見て、こんな時間が続けばいいと思った。

＊

「めんどくさくないですか」

ある日、体調がわるそうな冬月が、ベッドに全身を預けながらけだるそうに言った。

「目も見えないし、体もよくない。ふつうに目が見えて、健康な人に時間を使えばいいのに」

「なにかあったの？」

どうも今日の冬月は情緒が安定していないように見える。

少し時間をおいて、冬月はようやく口を開いた。

「がんは小さくなったけど、べつのところに転移しているかもって」

どこか他人の話をするように、冬月の語り口は淡々としていた。

腕に点滴が刺さっていて、どこか言葉を紡《つむ》ぐスピードが遅く、苦しそうに見えた。

「だ」

――大丈夫？

そう声をかけようとしたときだった。

「うそです」

「え?」

「うそです。うそです。うそです。うそです」

天井に顔を向ける冬月が、口の端だけを上げて、笑顔を作った。

「花火を見るまでがんばるって決めたのに、湿っぽくなったから、今のなしです」

「そんな、無理に」

「先生が言っていたんです」

冬月が目尻に涙をためながら笑顔を作る。

「がんは笑顔から逃げていく、って」

——だから笑わなきゃ。よくなったらまた歩く練習するんです。

そう口にして、冬月は笑う。

こけた顔でにっこりと笑う姿を見ていると、胸が詰まった。

冬月が見えないことをいいことに、胸を押さえた。治そう、とか、大丈夫、とか、そんな言葉をかけたらいいのに、なにも言えなかった。

「私、十月には北海道の病院に移るんです」

急な話に、「え?」と声が出た。

「ほんとは移るか悩み中なんですけど。北海道の提携病院に陽子線治療っていう装置があるんです。そこに、行かないかと」

けどですね、冬月は軽くせき込んで続けた。

「北海道に行くまでに、薬で、がんが、ちいさくなったら、らしいですけど」

「応援するよ」

「北海道まで追いかけて来ないでくださいよ」

冬月がにこりとすると、涙がつうっと枕《まくら》に落ちた。

「花火、する日、決まったよ」

「いつです?」

「九月の第四週の土曜日。それまで、がんばろうな。がん、追い出そうな」

がんばる、と冬月はゆっくりと口にする。

「お願いがあるんです」

「いいよ」

「え?」

「ん?」

「お願いごとはなにか聞かないんですか?」

「僕にできることでしょ」

なんでもしてやりたいと思っていた。冬月はちいさく「ありがとうございます」と口にする。

冬月が枕《まくら》もとに置いてあった本をゆっくりと手渡してきた。

「本を読んでほしいんです」

それは冬月がいつも読んでいた白い本だった。

「点字は読めないよ」

「覚えてください」

「むちゃを言うな」

え、へ、へ、とせき込むように冬月は笑った。

「アンネの日記でしょ？　今度探してくる」

ありがとうございます、と冬月はゆっくりと口にして、そのまま眠った。


それから、見舞いでは冬月に代わって本を読む。それが日課になった。冬月の調子がいいときもわるいときも、足しげく通った。

アンネの日記の朗読も半分ほど過ぎた、ある日。

「空野さん、声がかれていますけど、夏風邪ですか？」

「毎日これだけ読まされたらな」

冬月が、ははっと軽く笑ったときだった。

むせた冬月のせきが止まらなくなった。

ひゅうひゅうと喉《のど》の奥が鳴っている。急いでナースコールを押して、大丈夫、大丈夫と声をかけ続けた。プルルルル、プルルルル、とナースコールの音が耳から離れなかった。

＊

冬月は二週間ほど集中治療室に入った。冬月が集中治療室から出てきたときには九月になり、夏休みは明けていた。

「花火を見るまでは死ねません」

冬月の枕もとには千羽鶴が飾られていた。鳴海が船の上でずっと折っていたらしい。同じ学科の人たちも協力して、その千羽鶴は三セットになったそうだ。

冬月の入院は大学で広まり、冬月を知る人はみな、冬月を応援していた。

大学では、冬月はそこそこ有名だったらしい。「すげえ美人がスキップしていたぜ」だとか、「テラス席の天使」だとか、そういったうわさがあったようだ。

大学では前期試験が行われた。僕はなんとか試験を乗り越えた。

しかし、選択科目のいくつかは単位を落とす結果となった。

大丈夫。単位は挽回《ばんかい》できる。それよりも冬月のことだった。

翌週には「こども花火」が催される。

9.
こども花火

＊

こども花火当日は快晴に恵まれ、大学では日中から着々と花火製作会社の方々により準備が行われていった。

十五時に冬月《ふゆつき》の病室を訪ねると、冬月は車いすに乗っていた。

冬月のおかあさまも病室にいて、今日のイベントを待ち遠しいと微笑《ほほえ》んでいた。

「空野《そらの》くん、今日はよろしくね」とおかあさま。

「よろしくです」

「車いすも借りられたのよ」

おかあさまが今日のために病院からレンタルしたそうだ。台数が限られるため、なかなか借りられないらしい。

「空野くん、小春《こはる》を庭園に連れて行ってくれる?」

「おかあさん!」

「いいじゃない。デートくらいしてくれれば?」

「そんなんじゃないって」

車いすの上で冬月は否定する。

「そんなに否定しなくてもいいじゃん」

僕が笑うと、冬月は「押してもらえませんか」と恥ずかしそうにちいさい声で言った。

「押すよ」

最初に力を入れたあとは、すっと車いすは進んでいった。思うより軽かった。その軽さに気づいたとき、動揺しなかったと言えばうそになる。この世から冬月の質量が失われていくような感覚が、手に伝わってきて、心臓を刺されたような痛みが走った。僕が胸を痛めたことが伝わることで、ここまでがんばった冬月を悲しませないかと、心配になった。

ここは気丈に振るまって、冬月を連れて空中庭園に向かった。

空中庭園は空が開けていた。どこかでツクツクボウシが鳴いている。葉擦れの音も聞こえ、気持ちがいい。

「自販機に行く？」

「ミルクティーが飲みたいです。けど……」

「飲みきれなかったら、飲んであげるよ」

「そんなに甘やかさないでください」

「甘やかす？　なにが？」と聞くと、冬月は「なんでもないです」とうつむいた。

アイスミルクティー砂糖多めを買って、冬月に渡す。

冬月は両手でカップを摑《つか》んでまるでホットでも飲むようにゆっくりと飲んだ。

「なんか、今日は元気だね」

「がんばりましたから。なんとか、持ちました」

明日になれば、命の灯火《ともしび》が消えてしまうんじゃないか。

そんな声だった。

手のひらがじわっと汗ばんだ。

「今日がゴールじゃないよ」

「あれ、今日の花火までが目標だって、決めませんでしたっけ」

「それは途中の目標」

「ずるいなあ」

「別の病院で治すんでしょ」

「手を」

冬月がこちらへ向いて手を差し出してくる。

「手を握ってくれませんか」

差し出してきた手は震えていた。その手を握ると、ひんやりと冷たかった。

「あたたかーい」

「人の手をホット飲料みたいに言わないでよ」

「あはは。ホット飲料……。笑わさないでくださいよ。痛いんだから」

ごめんごめん、と笑うと、「私ね」と、冬月は続けた。

「空野さんには感謝しているんです。病気に負けちゃいけないなって、今はそう思えるんです」

そんなことを言う冬月を見て、ふっと病魔が去ればいいのにと、思わざるを得なかった。

なにごともなかったように、冬月の体から、去ればいいのに。

そんなことを、考えてしまう。

がんばっている冬月に、なにか、なにか、報われる未来を。

そんなことを、願ってしまう。

お互い無言の時間が続き、冬月が、「もしも」と口にした。

「ん？」

「やっぱりいいです」

なんだよ。

いいんですいいんです。

そんなやりとりをして、冬月を病室に送った。

「また夕方に迎えにくるから」と言って、大学に戻った。

そういえば、冬月が描いた花火。

あれは、どんな花火なんだろう。

そんなことを考えながら。

大学に戻ると、なにやら学長が早瀬《はやせ》に声をかけて、「調子はどうかね」的な会話をしている。

この「こども花火」は、近隣の商店街などにチラシを配ったかいもあって、地域も期待するイベントと化していた。そのため大学側の関心も高く、これが成功したら、毎年の恒例行事にしていきたいと学長は言っていた。

花火を準備する様子を見ていた鳴海《なるみ》がペットボトルのふたをひねりながら聞いてきた。

「冬月どうだった？」

ごぼごぼっと豪快に水を飲む音がする。

「元気そうだったよ」

「今日、冬月の外出許可って出たん？」

「冬月のおかあさんが主治医にかけあってる。あの調子なら大丈夫かも」

よかったな、と言って、鳴海はまたひと口水を飲んだ。

九月末の乾いた風がTシャツの袖《そで》から入った。

涼しく感じるが、やはり日差しは強い。

自動販売機で炭酸水を買った。ふたをひねると、ぷしゅっと音がした。

「あの子たちはどれくらい参加するの？」

「外出許可が出たのは半分くらいかな」と鳴海。

鳴海はこどもたちの親への説明と、会場への案内を担当している。

花火は日が落ちた十八時から打ち上がる予定だった。

「見られない子たち、かわいそうだな」

「それはそれで、ちゃんと考えがあんねん」

「成功するといいな」

鳴海に言うと、

「冬月が、花火を見て、思い出すといいな」

「まあ、それは……いいんだよ」

そう答えると、鳴海はきょとんとした。きょとんとする鳴海に、そろそろ迎えにいこうか、そう言って、病院に向かった。


病院にて、今夜大学へ向かう親子に向けて説明を行った。

タクシーで移動する人たちに向け、どこに車をつけると移動が短いとか、どこに座るところがあるとか、手書きの地図を渡して説明した。

その説明が終わり、鳴海と別れて冬月の病室へ向かう。

うきうきした気持ちが抑えきれず、病院内を早歩きしてしまう。

これで冬月の願いが叶《かな》えられる。

そんなことを考えながら、七階西館の廊下を歩いているときだった。

冬月の部屋のドアが開いていた。

嫌な予感がした。

いくつかの足音が聞こえた。

嫌な予感がした。

「冬月さん！　大丈夫ですか！　意識ありますか？　吸引しますすよ！」

そんな医者の声が聞こえる。

気がつくと、病室に向かって走っていた。

「冬月！」

部屋の入り口から中に向かって叫ぶと、冬月のおかあさんが口を押さえて我が子を見ている。

「ちょっと、君どいて！　中入らないで！」

女性の看護師が叫んだ。

どいて！　こっちこないで！　と、言葉に気を遣うことはなかった。立ちすくむと肩を押されて廊下の端に突き飛ばされた。

冬月になにかあったとき、足しげく通う僕のことを見ていた看護師に「ほら冬月さんへ声をかけて」と求められることを、僕はどこか心の奥底で期待していた。

しかし現在の状況からすると僕は邪魔者でしかなかった。

みんな必死な表情で自分の仕事をしている。

恐怖が足の裏を縫い付けているみたいだった。

動けない。膝《ひざ》が震えて、頭が真っ白になって、ぺたんと尻《しり》もちをついた。「うそ、うそ、うそ」なにがうそでなにが本当かわからないままつぶやいて、現実が受け止められないでいる。

ポケットからスマホを取ると、手が震えていることに気づく。

早く鳴海に伝えなきゃ、早瀬にも連絡しなきゃ、考えれば考えるほどパニックになってくる。

気がつけば一一九番を押していた。ワンコールが鳴る前に、電話を切った。

＊

十七時ごろだっただろうか、病室からおかあさまが出てきて、退室していく医者と看護師に深々と頭を下げた。

「冬月は大丈夫ですか？」

「心配かけてごめんね、空野くん。ちょっと吐血しちゃって、血が気管に入って息ができなくなっただけなの。今は大丈夫よ」

吐血する状況を大丈夫と言いきれるのだろうか。

「お願いがあるの」

「どうしました？」

「ちょっと」
言葉に詰まったおかあさまは、ゆっくりと口にする。
――疲れちゃって。
涙をためたおかあさまの顔は青白かった。
こういったことは何度も経験済みなんだろう。
そのたびに、この人はこんな顔をしているのだろうか。
胸が痛かった。
Tシャツの胸の部分を握って、痛みに耐えた。
「あの子の、そばにいてくれない？」
「わかりました。ゆっくり休んでください」
そう言って、入れ替わるように冬月の病室に入った。
窓辺の椅子《いす》に座って、静かに眠る冬月の寝顔を見ていた。
その寝顔を見ていると、呼吸が止まっているのではないかという不安に苛《さいな》まれた。
胸部が上下していることを目視して安心した。
生きていること。それだけで安心する。
我ながら、なんてハードな恋をしたものだと思う。
何度もくじけそうになって、気を張って。

しかし、冬月の笑顔に、惹《ひ》かれてしまった。また見たいと思ってしまった。

鳴海に状況をＬＩＮＥすると、「よかったな」と返ってきた。

そして、「もし、冬月が起きたら」というメッセージが続いた。


九月の末ともなると、十七時三十分ごろに日没を迎える。

病室の電気は点けなかった。

真っ暗い部屋でカーテンを開け、窓を少し開ける。

東京《とうきょう》が作る街の光が部屋に入って、完全な暗闇《くらやみ》にはならない。

冬月が目を覚ますと、開口一番、「空野さん？」と言った。

「ん？」

「気配がしました」

「気配、察知できた？」

「これだけいっしょにいるとですね」

冬月は乾いた声で笑った。

「今何時です？」

「十七時五十分」

「花火は間に合いませんね」

「今日は外出禁止」

あちゃーとおどける冬月の瞳《ひとみ》に、涙がたまっていく。

「がんばったのになあ」

つう、と雫《しずく》が落ちて、枕《まくら》を濡《ぬ》らしていく。

「ついてないなあ」

冬月は目元を両腕で覆《おお》って、あふれる涙をせき止めようとしている。

泣きだした冬月のベッドの横に行って、頭をなでた。

「大丈夫だよ」

「なにが大丈夫なんですか」

僕の手を冬月は振り払った。

「もう間に合わないじゃないですか」

がんばったのになあ、と冬月はちいさく漏《も》らす。

「必死に、生きたのに」

折れそうになりながらも命を繋《つな》いだ冬月に、わずかでも希望を与えたい。

涙声の冬月の頭を再度なでる。

「大丈夫。間に合うよ」

「どういう意味ですか?」

スマホを取り出して、ちょっと待って、と言う。

「ちょっと迫力不足だけど」

そう言って、接続ボタンを押した。

トゥルル、トゥルル、と音がして、そして早瀬の声が聞こえた。

『小春ちゃん、大丈夫？』

「これ、なんです？」

急に早瀬の声が聞こえたからか、冬月はすっとんきょうな声を出した。

「ビデオ通話。今日はここで一緒に見ようよ」

『俺《おれ》もおるでー』

鳴海の声がした。ただ、鳴海の背景は野外ではなく、パステルカラーの壁紙が見える。

『俺は、キッズルームで大きな画面に花火を映して、外出できんやったこどもたちと見るから』

ピアノのおねえちゃん、がんばれーと、こどもの声がする。

「なにこれ、ハイテクじゃないですか」

ありがとうございますと、うれしそうに涙を流す冬月。

スマホを持つ僕の手を、冬月は手探りしている。僕は冬月の手を持って、僕の手に重ねた。

スマホには、自分と冬月、早瀬と鳴海、ひさしぶりに四人の顔がそろっていた。

四人の姿を見ると、うれしくて仕方なかった。

『そろそろ始まるよ！』

早瀬が、スマホの内側カメラから外側のカメラに切り替えた。
三、二、一、とカウントダウンが聞こえる。
ぱしゅ、と音がして、ひゅうっと光の筋が空に上った。

次の瞬間――バン、と黄色い花火が開いた。

うす暗い部屋の中、手に持つスマホの中で花火が輝いた。

バンバンバン、とスマホのスピーカーから音がする。

そのあと五秒ほどして、窓の外から破裂音が聞こえてきた。

「空野さん」

「ん？」

「教えて」

「わかった」

ぎゅっと冬月は重ねた手に力を入れた。

「今、黄色い花火が打ち上がったよ。まんまるにはじけて、残像とともに消えていった」

「はい」

「これ、なんていうんだろう。花火がはじけて枝垂《しだ》れ桜のように光が残っていく」

「きれいですか？」

「めちゃめちゃきれい」

ひとつひとつ、冬月に説明していく。どんな花火が上がって、どうやって消えていくか。

「よかったあ」

こつん、と冬月が頭をぶつけてくる。

横顔を見ると、冬月は涙を流していた。

「みんなと花火が見られてよかったなあ」

スマホの画面が黄色く光って、音が鳴った。窓の外から、バババババ、と連続で轟音《ごうおん》が響いた。

早瀬の声がした。

『こどもたちの絵を花火にして打ち上げるこども花火。型物花火《かたものはなび》と言って、火薬を絵の形にすると、夜空に光の形が浮かびます。今夜は、こどもたちの夢を乗せた花火をお楽しみください』

さあ。次は、こどもたちの花火だ。

『最初は、おかあさんの笑顔が好きという、ヒロトくんの花火です』

笑顔の形の花火が上がった。次は、開花した花の形だった。病気を治して将来花屋になりたいと紹介される。ひとりひとり早瀬が紹介して、一発ずつ上げていく。

スマホからはこどもたちのうれしそうな声がしていた。

「楽しそう」とうれしそうにつぶやく冬月。

そんな冬月に、「なんで花火好きなの？」と聞いた。
第一声は、「あこがれなのかもですね」だった。

「花火って、心に焼き付くものだと思うんです。
こどものころ、体をわるくして、塞《ふさ》いだときがありました。
そのとき、家族で花火を見に行ったんです。
大きな花火が上がりました。
後ろを振り向くと、みんな、上を見ていたんです。
なんだろう。なんだかがんばる気になれたんですよね。
うつむいたときでも、顔を上げた想《おも》い出《で》があれば、がんばれる気がするんです」

冬月は花火を見ていた。
記憶に残る花火を。
過去、見上げた花火を。
顔を上げた思い出を。
もう見えなくなった目で、たしかに見ていた。
うれしそうに顔をほころばせる冬月を見て、万感の思いが胸にあふれる。

胸が詰まる。うれしくなる。目頭が熱くなる。

この感情をなんていうのかわからない。

ただ、見えない不安と闘う冬月に、もう一度顔を上げてほしいと思った。

こどもたちの花火の音を聞きながら、冬月は言葉を紡《つむ》いだ。

「だれかの心に焼き付くような生き方、私もしてみたいなあ」

そう、言った。

短い命を悟ったからこそ、花火のような一瞬の光にあこがれを抱くのかもしれない。

「僕の中に、冬月がいる」

僕から出た声は、涙声だった。

僕の涙声に気づいてか、「ホントです～？」とおどけるように笑ってくる冬月。

すると、『俺にもおるで』とスマホ越しに鳴海の声がした。

「って、鳴海も聞いていたのかよ」

『こっちも聞こえてるよー』と早瀬。『小春ちゃん、楽しんでるー』

「楽しいですよー」と冬月が答える。

じゃあ、次は小春ちゃんの花火ね。

そう言って、早瀬がナレーションを始めた。

「え、え。私の花火、空野さんのとなりで見るんですか？」

『彼女は何度も病に苦しまされましたが、支えてくれる人に感謝を込めて――』

「え。え。なんか恥ずかしい。空野さん見ないでください」

冬月がそうは言うが、無駄だった。

ポシュっと音がして、空に花火が広がった。

そして。

大きなハートマークが夜空に浮かんだ。

「ハートマークだ」

「言わなくてもわかります！　自分で描いたんですからわかってます！　声にださないでください」

「なに、自分で恥ずかしがってんのさ」

つっこむと、うるさいと弱い力で叩《たた》かれた。

『さあ、最後は空野かけるくんの花火です』と早瀬。

そういえば。

早瀬に言われ、自分も花火の絵を描いていたことを思い出した。

「空野さんも書いたんですか？」

ひゅうと夜空に白いすじが残る。すっと消えたと思ったら、光がはじけ、どんと鳴る。

「どんな形にしたんです？」

にやにやと冬月がこっちを向いてくる。冬月の顔がすぐそこにあった。少し痩せたけど、相変わらずの笑顔にドキリとさせられる。

夜空に燦然《さんぜん》と輝いた花火は、冬月と同じ形だった。

「冬月さ」

「なんです？」

「直接は、ちゃんと言ったことなかったけど」

勝手に口が動いていた。

今まで我慢していた言葉が。

抑圧して、隠していた言葉が。

そういう言葉が、はじける花火のように、口をついて出た。

「好きです。ずっと、そばにいさせてくれないかな」

♪

かけるくんとキスをしたその日、貧血を起こして家で倒れてしまった。

これは恋の病かもしれない。そんなおどけたことを考えていたけど、心配性なおかあさんに連れられ夜間診療に行くと、レントゲンで影が見つかった。

その翌日には詳しい検査が行われ、がんの転移、ステージⅣだろうと診断された。その場で入院を宣告され、身支度に一度帰ったときだった。

もちろんそのとき考えたことは、これからの自分の体というより、かけるくんのことだった。

もし私が想いを伝えてしまったら……。

万が一でも、想いが通じてしまったら。

かけるくんは自分の時間を棒にふるかもしれない。

私が死んじゃったりしたら、トラウマになるかもしれない。

今だったら、引き返せる。

きっと他にいい人を見つけてくれる。そんなことを考えながら、大泣きしていた。

それはもう泣いた。だって好きだったから。それをあきらめないといけなかったから。

そんなときだ。

優子《ゆうこ》ちゃんからＬＩＮＥが送られてきたのは。

どうやら動画が添付されているらしい。ダブルタップで再生させた。

『ちゅうも――――――――く！』

かけるくんの声だ。

『ここで重大発表があります！』

面白《おもしろ》いことでもやってるのかな。

タイミング最悪、とか考えていた。

『私、空野かけりゅは』

あ、かんだ。

ふふ。よし、この動画は永久保存だ。

私の初恋&失恋祝いに、ずっと大事にとっておこう。

そんなことを考えていたら、また涙があふれてきた。

ああ、つらいなあ。

つらいなあ。

そんなことを考えていたそのときだ。

『空野かけるは、冬月小春さんのことが、好きでええええええす！　付き合いたいって思っていまあああああああああす！』

まさに、タイミング最悪だった。

かけるくんの声で、

――好き。

そう言ってくれた。

うれしい。うれしい。うれしくないわけがない。

けど、同時に、これは喜んではいけないものなんだと自分に言い聞かせた。

これ以上、進むと、ダメなんだ。かけるくんを傷つける。

だから、私は決めた。

黙ってみんなの前からいなくなろうって。

仮にかけるくんと再会しても、知らない振りをしようって。

かけるくんがあきらめてくれるまで。

私を忘れてくれるまで。

「つらいだろうなあ……」

ぼそりと出たひとり言で自覚する。

涙がぼろぼろとあふれていた。

今度ばかりは自分の運命に嫌気がさす。

命だけじゃなく、こんな大切な気持ちまで奪われてしまうのか。

悲しくて悔しくて苦しくて。かけるくんを忘れないといけなくて。考えれば考えるほどぐちゃぐちゃで、泣きはらして、どうしていいかわからなくて、やっぱり体のことが不安で、考えれば考えるほど苦しくなって。苦しくて、苦しくて、どうすればいいかわからなくなった。

そして、私はついに。

ついに、叫びながらスマートフォンをどこかに投げつけていた。

＊

「なんであきらめてくれないんですか！」

目元を腕で押さえ、堰《せき》を切ったように泣きだす冬月。

「私」

嗚咽《おえつ》まじりに短く言葉を紡ぐ。

「長くないって」

う、う、と泣きじゃくる。

「どうせ」

――死ぬって。

そんな残酷なことを口にした。

不安なんだ、冬月は。

明日が見えないその体で、進むことが、たまらなく怖い。

目をつむって夜の中を走るような、そんな恐怖の中、だれも巻き込めないとひとりを選んだ。

そんな冬月に、そんな最愛の人に、僕はなにをしてあげられるのか。

「冬月。見える？」

冬月の手をとって、僕は自分の頬《ほお》に冬月の手を持っていく。

キスできそうなほど顔を近づけて、見つめ合う。

当然、冬月の目には僕の顔は映らない。

けど。

冬月は僕の顔を触って、僕の表情を確認する。

僕の突飛な行動に、きょとんとした冬月だったが、だんだんとむっとしていった。

「なにを笑っているんですか！」

冬月が大きな声を出した。

僕は自分ができる満面の笑みで冬月に向かっていた。

「だって」

「だってじゃないです。こっちは冗談じゃないんですよ！」

僕は「だってさ」と続ける。


——がんは笑顔から逃げていくんでしょ？


え、と冬月は目を丸くした。

「ひとりで笑うのってさ、むずかしくない？」

冬月はぽかんとしている。

「僕といっしょに冗談でも言いあえばいいじゃん。そういう人が必要じゃないかな」

冬月は涙を落としながら、泣いているのか笑っているのかわからない顔をして、「もう！」とまた大きな声を出した。

「かけるくんは……本当に、ばか」

ひさしぶりに、冬月が「かけるくん」と言った。

それは、冬月がついに折れたことを意味していたんだと思う。

なんだろう、心がいっぱいになって、視界が涙で歪《ゆが》んだ。ぽた、ぽた、と涙があふれてくる。

「やっぱり」

「やっぱりってなんですか」

「たまに冬月、にやけてたし……それにこの前、栞《しおり》を『私の栞』って言ってたじゃん。あれ、大学に入って作ったって、ずっと前に言ってたし」

「そんなこと言いましたっけ」

「言ったよ。冬月が言ったこと、ぜんぶ覚えてる」

そう言うと、ぽんと肩を叩いてきた。正確に言うと、拳《こぶし》を振り降ろしたところに肩があった。

痛い、と反応すると、「ばかばかばか」と駄々《だだ》をこねる。そのしぐさはかわいい。

「私がどんな思いで」

ぽこぽこと冬月は叩いてくる。

「我慢して」

大粒の涙を床に落とす冬月。

そんな冬月に伝える。

「ありがとう」

「ばか！　なにがありがとうなんですか」

結構な力で叩かれてしまった。

「だって、僕のためだったんじゃないの？」

冬月は黙った。

黙ってから少し間をおいて、また「ばかばかばかばか」と叩いてきた。

「かけるくん」

「ん？」

「二回も告白してくれてうれしい、です」

「うん」うなずくと、「ごめんね」と返ってきた。

「うそをついていたこと？」

「それもあるけど」

「じゃあなに？」

「こんな体で」

「大丈夫、治すんじゃないの？」

そう言って、冬月の頭を撫《な》でた。

「生存率、すっごい低いんですよ」

快復することをあきらめたりはしない。

「大丈夫だって。治るよ」

また、ぽた、ぽた、と冬月の瞳から涙が流れた。

冬月はうなずきながら、「がんばる」と言った。

「信じてる」

「がんばるから、信じていて」

くしゃくしゃに顔を歪ませて、何度もこくん、こくんと「がんばる」と繰り返した。

「北海道、ついていこうかな」

「ダメ。ちゃんと大学行って」

「長期休みは見舞いに行くよ」

「お金かかるよ」

「バイトする」

じゃれるように、そのままふたりで手をつないだ。そしてしばらく、ずっと言えなかった胸のうちを、ふたりで話して、ふたりで笑い合った。

10. ふたつの赤い蕾

＊

「どうです？　似合っていますか？」

冬月《ふゆつき》が浴衣を広げて、僕の方に微笑《ほほえ》んでいた。

十月中旬のことだ。

体力が回復したころを見計らって、冬月は北海道の病院に行くことになった。

その転院前日、冬月の外出許可をもらって、僕たちは大学であの浅草橋《あさくさばし》で買った花火を打ち上げることにしたのだ。

そこで病室に冬月を迎えに行くと、冬月は浴衣姿に着替えていた。

おかあさまが着付けたのだろう。おかあさまは僕に「似合うでしょ」と笑顔で言った。

花火柄だろうか。白色の生地に薄く控えめな花火の柄が描かれた浴衣に、はまゆう柄の帯を締めている。うなじが出ていて、日本美人のお手本のようにきれいだ。

冬月はワンピースやブラウスなどの洋服も似合うけど、こういう和装もとても似合うと知る。

冬月は顔を赤くしながら、僕の反応が見えないからか、そわそわしていた。

「似合って、ないですか？」

冬月は不安そうな声を出した。

「浴衣コンテストに冬月が出ていたら、優勝だったと思うよ」

「もっと直接的に褒めてください」

褒めたのに、冬月は頬《ほお》を膨らませた。

「とても、きれいです」

僕の言葉に満足したのか、浴衣姿の冬月は小幅の足つきでゆっくりとくるくる回った。くるくる回った冬月は、僕の声の方で止まった。

「ようやく、着られました」

冬月の声に、湿り気が交じる。

入院する前に着たいと思った浴衣が着られた。

ただそれだけで奇跡のように感じた。

命の灯火《ともしび》を消さなかった冬月が、僕の日常を彩《いろど》ってくれる、そんな気がした。

「ようやくかけるくんに、自慢することができました。一生、忘れないでほしいです」

「こんなの……一生、忘れられないよ」

「やった」

そう笑う冬月の手を僕は握った。

大学の芝生広場へ移動すると、鳴海《なるみ》と早瀬《はやせ》が花火の準備をしていてくれた。

「大きいのいくで〜！」

芝生広場の端の方で、鳴海と早瀬が手を上げる。

浅草橋の花火専門店で買った『雷神』なる大仰な花火の導火線に鳴海が火をつける。

ぱしゅっと音がして、ひゅうと光が昇り、一瞬音が途切れる。

次の瞬間、暗闇《くらやみ》を引き裂くように、花火が開いた。

パンパンパンと乾いた音が響く。

夜空に火薬の匂《にお》いが広がった。

大学の芝生広場が、赤、青、黄といろいろな光で照らされていく。

「すごい音ですね！」

芝生の上で浴衣姿の冬月がうれしそうにちいさく跳ねている。

冬月は楽しそうだった。僕の手を握り、「教えて」とつぶやく。

僕は冬月に花火の様子を伝える。赤、青、黄色の花火がどう夜空を彩っているのか。

「……よかった」

そう口にする冬月を見ると、また泣きそうになった。

ファンファーレが鳴り響くように、花火はバチバチバチと金色の光で輝いていく。

あらかた花火が終わって、早瀬と鳴海が冬月に声をかける。

「小春《こはる》ちゃん、北海道でもがんばってね」

「応援しとるで」

冬月は「ばっちこいで治してきます」と笑った。

すると急に口を結んで一拍置いた。

「もう、みんなの前から、いなくなったりしませんから」

浴衣の裾《すそ》をぎゅっと握って、そんな言葉を口にする。

勝手にいなくなったこと。

それを冬月は気にしているのだろう。

ごめんなさい、と顔に書いてある冬月に対して、早瀬と鳴海は見合わせた。

「当たり前だよ」と早瀬。

「次はGPS付けるで、ほんま」

そう笑うふたりの声を聞いて、安堵《あんど》したのか、冬月は涙ぐんでいた。

「それよりまだ花火はあるから、もっと打ち上げるで」

「小春ちゃん大丈夫？　座る？　寒くない？」

それからしばらく打ち上げ花火を見上げた。

冬月は僕の手を握って、僕にしか聞こえない声でつぶやいた。

「ふたりと友達になれてよかったです」

そう思いませんか？　と、僕に笑顔を向けてくれた。

早瀬と鳴海と別れ、冬月を病院へ送った。

タクシーを降りて病室まで付き添っていたとき、僕の左肘《ひじ》に手を添える冬月が言った。

「明日から会えなくなるので、もうちょっとだけ」

一緒にいたいとか、直接的に口にはせず、冬月は僕の左腕を摑《つか》む手に力を入れた。

いつものテラスに行こうか、と僕たちは病院の空中庭園に向かった。

テラスにはだれもいなくて、僕たちふたりきりだった。

＊

「風が気持ちいいです」

夜に庭園に出るのは初めてだった。

東京《とうきょう》の夜は明るい。

それが不気味に思えるときがある。

夜の闇《やみ》と街の光が混じり合わないよう透明な膜があって、その膜が都会をすっぽり覆《おお》っているような感覚になる。守られているような、逃げられないような、そんな不気味な感覚がある。

こんなに明るいのに東京の夜を見るとどこか不安になるのはそういうことなんだろう。

空の見えない冬月はどうこの夜を感じるのだろう。

今度話してみたいと思った。

ビルや車や街灯が庭園を下から照らしていた。

まるで空中庭園は下からライトアップされた舞台のようだった。

さながら月はスポットライトで、舞台に冬月と上がったようだ。

その舞台で浴衣姿の冬月が月光に照らされている。

そんな冬月を見て、ああどうしようもなくこの人が好きなんだな、と顔が熱くなった。

「浅草橋で買った花火が活躍してよかったですね」

「ずっと僕の部屋に置いておくことになったよ」

「あのときの私は元気でしたもんね」

冬月は胸を押さえる。

「元気になったら、またデートしてくれますか？」

「どうしようかな」

「いじわる」

むくれる冬月に、ごめんごめんと謝る。

「いつでもしようよ、デートとか。いつでも出かけよう」

「どこに行きましょうか」

「どこでも。山でも川でも、ショッピングでも、テーマパークでも」

「かけるくんの生まれた場所に行きたいなあ」

「いいよ。よく見ていた海があるんだ」

「海ですか」

地元に、いいこと、わるいこと、すべてを流してくれるような流れの速い海がある。

いいこと、わるいこと、すべてが流れた空っぽの頭で考えてみると、自分に残っているものは、今だけだと気づかせてくれる海がある。

違うか。

すべてが流れたあと今が残っているなんて、冬月と出会ったから、そんなことを思えるようになった。壁を作って、斜に構えていた僕が、今を生きる冬月と出会ったからこそ、変われた。

僕を変えてくれた冬月と、その場に行きたかった。

深い愛と感謝を込めて、手を握る。

見えないとわかっていても、ふたりで潮風を浴びながら海の近くを歩きたかった。

「楽しみだなあ。それまで生きなくっちゃ」

冬月は上を見ていた。

見えない目で、まるで東京の夜が作る透明な膜を見ているようだった。

不気味な膜とか言ったら、たぶん冬月は笑い飛ばすんだろう。

冬月はもう、どんな夜でも走っていける、そんな気がした。

「浅草橋で買った花火でさ、線香花火もあったんだ」

「ここでやっていいんです?」

「ダメだろうね」

ですよね、と冬月は笑う。

「けど、まあバレないいんじゃない? 今日くらい、許してもらおうよ」

「私を共犯にしようとしています?」

「むしろ冬月を主犯にしようとしているよ」

またそんなことを言う、と冬月はあきれながらも笑っていた。

「勝負しましょうか。どっちが長く火種がもつか。ライターとか、持ってますか?」

「持ってきてる」

「やる気だったんじゃないですか」

僕の腕をひっぱって、しゃがむ冬月。

「もうちょっと寄らないと風が吹くよ」

「素直にくっついてって言えばいいのに」

「じゃあ、くっついて」

風よけに冬月がすりついてくる。ふっと冬月の匂いがした。安心する匂いだった。

線香花火にライターで火を付けた。花火が冬月の顔を照らす。

肩を寄せ合って線香花火を見つめた。

バチバチと火種が手元で光る。

この火は、冬月の方が長く光ってほしかった。

一秒でも長く、僕より生きてほしいと、心から願った。

バチ、バチ、バチ、とぷっくりと赤く膨らんだ火種から火花が散る。

火花は茎のように細く伸び、花を咲かせて輝いて、一瞬で消える。

その刹那の輝きと喪失を何度も繰り返して、線香花火は燃えていく。

火花を散らして、すぐに燃え尽きてしまうのなら、火花なんて散らさず、長く、長く、燃え続けてほしい。そう思った。

ふと冬月を見る。

ほのかな光に照らされる冬月の横顔は、うれしそうに笑っていた。

その笑顔を見て、違うよな、と気づく。

バチバチと輝いて、だれかを照らして生きられるなら、こんなに素敵なことはないと思う。

一生懸命輝いて、十分満足するまで、輝き続けてほしい。

僕は愛《いと》しい人のとなりで、そんなことを思う。

燃えろ、燃えろ。

落ちるな、落ちるな。

そんなちいさな祈りを、線香花火に込める。

そのときだった。

ひとつ、火種が落ちた。

バチバチと音を立てる火種がひとつだけになった。

「あー、僕の方が先に落ちた」

そう言うと、冬月はふふと笑った。

「かけるくんはやさしいうそをつくなあ」

そう笑って、冬月は僕の手元のまだ燃え続けている火種を見ているようだった。

見抜かれてしまいバツがわるい。

そうだ、と思い立つ。

「まだ線香花火はあるからさ。もう一回しようよ」

「次はうそはなしですよ」

「じゃあ、もうちょっとくっついて」

そう言って、僕は二本の線香花火に火をつける。

バチバチ、と火花が散って、ぷっくりと赤い玉が紐《ひも》の先にできる。

そして僕は、冬月の火種に、僕の火種をくっつけた。

ふたつの火種が、吸い付くようにひとつになって、大きな火種になる。

バチバチとさらに大きな火花が散った。

「かけるくんは、なにをしたんです？」

冬月が不思議そうに聞いてきた。

「線香花火をくっつけたらさ、より長く燃えないかなって」

あはは、と冬月は笑う。

「それだと、勝負にならないじゃないですか」

「そうだけどさ」

大きくなった火種を見つめながら、落ちるな、落ちるな、と願う。

「けど、やっぱり、長く燃えてほしいんだよ。一秒でも長く、ずっと」

冬月の横顔を見ると、目が潤んでいるように見えた。

そして僕の肩に頭を預けてきた冬月は、甘い声を出した。

「もし、私が先に死んだら、どうしますか？」

「そんなこと言うなよ」

「もしもの話ですよ」

冬月のいない人生は考えたくない。

それほど僕の奥深いところに、冬月はいた。

だから。

「僕は無理だよ。うん。死ぬなら、一緒に死にたい」

「そう言うと思った」

「重たい？」

「重たくないけど、うれしくはないです。やっぱり好きな人には長生きしてほしい」

どことなく話が暗い方に向いていた。

まだ僕たちふたりに、死がまとわりついている気がした。

だから。

だから、未来の話がしたかった。

ふと、風に飛ばされ、空にひらひらと舞った、あの栞《しおり》が脳裏をかすめた。

「黄色い栞」

「黄色い栞って、私の栞ですか？」

「あれ、栞に書いたこと以外にも、もっと未来にやりたいことないの？」

聞くと、冬月は一拍置いて、否定した。

「ないです」

「その声はあるってことでしょ」

「重たいって思いませんか？」

「重たいの大歓迎」

「笑わないでくださいよ」

「笑わない」

そこまで言うと、冬月は観念したように、ひとつひとつ口にした。

冬月が口にしたのは、自分の心の内にしまっていた、輝かしい願いだった。

「ベタですけど、ウエディングドレスが着たいです」

「うん」

「新婚旅行にも行きたいです」

「どこに行きたい？」

「どこでもうれしいです。暖かくて、ゆっくりとした場所がいいです」

「わかった」

「ひとりでもいいから、こどもがほしいです」

「うん」

「そのこどもに、私が着た七五三の着物を、着てもらうんです」

「うん」

「その子が小学生になったら参観日にも行きたいな、けど、見えないと行けないのかな」

「そこは僕がなんとかする」

「たくさん家族旅行がしたいです」

「任せて」

「成人式には振《ふ》り袖《そで》を着させたいです」

「着付け、僕が覚えるよ」

「家族サービスだけではダメですよ。たまにはふたりでデートしたいです」

「承知した」

「こどもの結婚式にも出るんです。おかあさんへの手紙とか読んでもらって、私が号泣しちゃうんです」

「僕も泣きそうだなあ」

そこまで言うと、冬月は「恥ずかしい〜」と頭で僕をぐりぐりとした。

「いっぱいあるじゃん」

「いっぱい、ありましたね」

安心した。

こんなに、冬月に希望があったと知ったとき、僕も希望に包まれた。

「生きなきゃ」

「そうですね。長生き、します。約束、します」

ふたつ分の大きな火種は、ひとつのときよりは幾分か長く燃えて、もうとっくに落ちていた。

けど、僕たちの心にはたしかな火が、灯っていた。

「落ちました?」

「知ってたの？」

「あなたを信じます、ですか？」

「はまゆう。あの花の花言葉、知ってる？」

冬月は顔を赤くさせて、うれしそうな声を出す。

「贈ってくれるんですか？」

「北海道の病室にさ、花を贈るよ」

ありがとうございます、と笑って冬月が腕に絡《から》みついてくる。

「え～！　全部ですか！」

「おかげで喉《のど》がかれたよ」

「あれ全部ですか？」

「アンネの日記、朗読して、録音しておいた」

冬月は小型のボイスレコーダーを指先の感触で確認しているようだった。

「これは、なんです？」

そんな冬月に僕はあるものを渡した。

名残惜しそうにする冬月。

「じゃあ今日は解散ですか？」

「落ちてるよ」

「ずっと部屋に飾っていましたから」

「じゃあ、もういっこのは？」

「まだ、花言葉があるんですか？」

僕は、夜空を見上げながら、もうひとつの花言葉を口にする。

「どこか遠くへ」

「どこか遠くへ？」

そう聞き返してくる冬月の手を握った。

「どこか遠くへ行く、あなたを信じます」

その言葉を、遠くで病魔と闘ってくる冬月に重ねる。

「あっちで治してきてね。遠くへ行く冬月を、僕は信じてる」

そう言うと、冬月は湿り気の帯びた声で僕を呼んだ。

「かけるくん」

「なに？」

「あなたを好きになって、よかった」

そう、冬月は僕の肩口に顔を押し当ててきた。

自然と、冬月と僕の唇が重なっていた。

興奮から一瞬で胸の高鳴りが増す。

線香花火のように、唇からふたりがほどけて、ひとつになれればいいのに。
きっと十秒に満たない時間だったと思う。
けど、一分でも、一時間でも、長い時間の幸せを感じられた。
唇を離すと、冬月は手探りに僕を抱きしめた。
「まだもうちょっと、がんばる」
そう、しみじみと口にした。

その後。
冬月は何度もがんを再発させ、そのたびに闘った。
そして病魔は、冬月の命を僕から奪っていった。

11. 早瀬優子

§

今日も会社に泊まった。朝の四時から七時まで、会社のデスクに突っ伏して寝た。

出発ぎりぎりまで別のクライアントへのレポートをまとめていたからか、それとも単純な寝不足か、夕方に行われたクライアントへのプレゼンではクライアント名を間違えてしまった。

その場は一瞬で凍りついたが、クライアントの部長が「まあまあ」と苦笑いで流してくれた。きっと私が若いっていう理由もあったのかもしれない。それを悔しく思った一方、ほっとした自分が情けなくて、泣きそうになった。

クライアント先を出てから、上司はあきれた顔をしてため息交じりに言った。

「早瀬《はやせ》くんさ、今日はもう帰っていいよ」

「けど、帰ってから別の会社のレポートをまとめないといけなくて」

「それは明日がんばればいいよ。今日は花火があるから電車が混むだろうし」

早く帰って寝なよ、そんなことを上司は軽く言ってくる。

膨大な仕事を先送りして、明日徹夜しろということだろうか。

できれば今日も働いて、今日明日と終電までには帰りたかった。

仕事を振るだけの上司は、私の仕事量なんて把握しない。

いつも早く帰る上司の顔つきは私とは違い血色がよくて無性に腹が立った。

「仕事がまだあるので帰社しますよ」

「クライアントの名前を間違えるようじゃダメだよ。上司命令だから」

それを言われたらぐうの音も出ない。

私が佇《たたず》んでいると、上司は「じゃあ俺《おれ》は汐留《しおどめ》で接待だから」と、手を上げてタクシーに乗り込んでいった。

大学四年の夏、あるイベント制作会社から内定を得ることができた。

私は就活面接が得意なようだった。他にもメーカーやＩＴ企業など、いくつか内定をもらえた。なんとなく派手な業界にあこがれがあった私は、今の会社を選んだ。

就職して四年がたつが、この四年の記憶があまりない。

記憶があるとすれば、いつも会社にいた記憶。

同期は半分以上辞めた。仕事量がおかしいとか、なんのために働いているのかわからないとか、死んだ方がましとか、辞めた同期は口々に言っていた。

残っている数年上の先輩は、「生きるために働くか、働くために生きるかわからなくなってからが社会人」と達観し始めている。

私も、なんのために働いているのかわからなくなっていた。

就職して間もないころは仕事を覚えることに一生懸命で、つらいことも度々あったが、なにかに尽くすことで精神的には充足していた。

だれかに必要とされれば必要とされるだけ身を粉にして働いた。

たぶん、私の性分だったんだと思う。

最近は達成感なんかなく、ただただ時間がなくて、むなしいだけだった。

しかし私の仕事の先にはクライアントがいて、クライアントには家族がいて、こどもがいる。

イベントを含むプロモーション活動でクライアントの業績はすごく左右する。

就職してそのことを実感したからこそ、辞めたり、手を抜いたりはどうしてもできなかった。

いつも帰りが遅い私に、おかあさんは「そんなに働いてどうするの」と言うようになった。

なんでこんなことを言うのか、私もわかっていた。

どうしてこんなに働くのか、私もわからなかった。

けど、簡単には仕事は辞められないし、減らない。

減らしてもらったところで別の人に振られるだけなのは目に見えていた。

そういうことを考えると、どうしても煩《わずら》わしくなって、「私が決める」とついに昨年、実家を出てしまった。おかあさんは単に心配してくれていることはわかっていた。

借りた部屋は深夜に寝るだけの部屋になった。冷蔵庫は空っぽで、週に一度の洗濯しか使わないワンルームマンション。

自分のほとんどを会社に捧《ささ》げている私のような、空っぽの部屋だ。

どうしてだろう、私もこんなに働いて、なにになるんだろうと思ってしまう。

「ねむい」

明日は明日の私がなんとかしてくれる。思考をやめて、今日は帰って寝ることにした。

とりあえず、眠りたかった。足に力が入らなくて、すでに冷や汗が出てきている。

浅草《あさくさ》は隅田川《すみだがわ》上流に向かう人たちで混み合っている。

人波に逆らいながら私は浅草駅に向かっていた。

足元がふらついたときだった。

どん、とだれかと肩をぶつけてしまった。

「すみません」

とっさに口にすると、相手はチッと舌打ちをした。

「ぼけっとすんな。目、見えてんのかよ」

そう捨て台詞《ぜりふ》を吐いて去っていく。

その台詞を聞いて、なぜかふっと大学時代の記憶がよみがえった。ひとりの親友のことだ。

冬月小春《ふゆつきこはる》。

小春ちゃんは目が見えなかった。

目が見えなくても自分の人生を悲観することはなかった。大学に進学し、恋人まで作って、
なんでも自分の思うまま、やりたいことにチャレンジしていた。

「小春ちゃんだったら、どうしたかな」

小春ちゃんに出会ったのは入学式のときだ。

浜松町《はままつちょう》のイベントホールにて、スーツ姿の新入生約五百人に囲まれた私は、生まれて始めてスーツを着たこともあり、急に大人の入り口に立ったような気になって緊張していた。

履《は》き慣れていないヒールのつま先がじんじんと痛くなって、スーツって嫌だなあなんて思っていたとき、となりの席にいた小春ちゃんが、芸能人が着るようなドレスを着ていることに気がついた。

いいなあ、なんて思ったけど、みんなから浮いても嫌だし、とその気持ちが強かった。

入学式が終わってみんなが帰り始めたとき、小春ちゃんは席も立たずじっとしていた。

声をかけたけど一度無視された形になって、無視かあ、なんてと思っていると、小春ちゃんが椅子《いす》に立てかけていた白杖《はくじょう》を持ってゆっくりと立った。

「もしかして、見えないんですか」そんな感じの声をかけた。

小春ちゃんは「あ、はい」と軽《かろ》やかに答えて、同じ学科の早瀬です、なんて自己紹介しながら、イベントホールの外まで小春ちゃんに付き添った。

どういう話の流れだったか覚えていないけど、「ドレス、似合ってるね」と言った。たぶん、単純な褒め言葉じゃなかったと思う。みんなの目が気にならないっていいなとか、いろんな感情が含まれた言葉だった。

それに小春ちゃんは、

「おかあさんはみんなスーツだろうからスーツにしたら、って言ったんですけど、せっかくの晴れ舞台なので、好きなのを着ました。自分では見えないんですけど、似合っていますか」

と、照れながら笑ってくるりと回った。

そんな小春ちゃんに、全身に衝撃が走ったというか、「かっこいい」ってつぶやいてしまった。

思えば私の人生は、自分に自信がなかったからか、あきらめることが多かった。

授業で挙手することもなかったたし、体育祭の出場科目を決めるときでも、文化祭でクラスの出し物を決めるときでも、自分から発言することはなかった。生徒会に興味あったけど、自分なんかと思って立候補もしなかった。思えばスカートもずっと短くできなかった。

入学式のあと、私は意を決して髪を染めた。

意を決したというより、恥ずかしかったんだ。目が見えない人に、見えなくていいなとか、そんな失礼なことを考えたことが、自分が嫌になるほど情けなかった。

私もこの人みたいに、かっこよくなりたいと思った。

メイクを調べた。おしゃれをしようと思った。私にとってそれは武装だった。

武装して、自信のあるふりから始めてみようと思った。

もっと小春ちゃんを知りたいと思った。学生ガイドの張り紙を見つけた。

小春ちゃんを知れば知るほど、小春ちゃんはかっこいい人だと思った。

あの感情はあこがれに近かったんだと思う。

親友で、あこがれ。

小春ちゃんならどうしたか？

絶望的な状況でもなお、笑っていた彼女ならどうしたか？

きっと、自分の心に素直に進むだろう。

きっと、うつむく暇があったら笑って前を向いただろう。

小春ちゃんから笑顔が消えるところが想像できなかった。

「最近、自虐的なことでしか笑ってないな、私」

ははっと、笑いが漏《も》れた。これも自虐的な笑いだ。

「仕事で死ぬわけでもないし」

小春ちゃんのように笑っていたい。

だれかの心に残るような、生き方がしたい。

まだ、間に合うだろうか。

そう思った私は電話をかけていた。

ふたつ目のコールで相手は出てくれた。聞き慣れたやさしい声だった。

「おかあさん」

「どうしたの？」

おかあさんの声を聞くと、言おうと思ったことをぐっと飲み込みそうになった。

けど、今日言わないと、ずっと言い出せないような気がした。

「ごめん。急な話だけど、仕事辞めようと思うの。家賃がもったいないから家に戻っていい？」

虫のいい話だとは思った。

反発して家を出た手前、怒られる覚悟はできていた。

口にしながら、手に汗がにじんでいた。

すると、おかあさんの反応は、あっら～、と明るいものだった。

「家事ができる人が戻ってきてくれて助かるわ～。ねえ聞いてよ、おとうさんったらなにもしてくれないのよ」

おかあさんはそう言って、おとうさんの愚痴を続ける。

なんだろう、安心したからか、ようやく辞める覚悟ができたからか、目頭が熱くなっていく。

「ねえ聞いてる？」

おかあさんのやさしい声が耳元で響く。

花火大会の、人が混み合う道の真ん中で、泣きそうになってしまった。

そのとき、どん、と隅田川の上に大きな花火が開いた。

どん、どん、と次々に花火が上がっていく。

中学、高校は〝自分らしさ〟なんて出せなかった。

大学で小春ちゃんと出会って、私もチャレンジしようと、ようやくやりたいことができるようになった。それを社会人になって、また蓋《ふた》をしたのは自分だった。

ボランティア、学祭実行委員、こども花火企画。自由だった大学時代の思い出が脳裏に浮かんで、あのときのきらきらとした感情が胸によみがえってくる。

「おかあさんごめん、花火が始まったからまた電話する」

電話を切って、私は踵《きびす》を返す。人の流れに乗って花火会場へ向かう。

不思議と、眠気なんか吹っ飛んでいた。

次、どんな仕事をしようか。会社を作ってもいいかもしれない。

もっと、人のためになる仕事がしたいな。

そんなことを考えながら。

どん、どん、と花火が私の芯《しん》を震わせる。

次々とやりたいことがあふれてくる。

「楽しみだなあ！」

ひさしぶりに、心から笑った気がした。

夜空には大輪が浮かんでいた。

12
鳴海潮

定刻になり、俺《おれ》は長い汽笛を三回鳴らしてフェリー船「ひびき」を出航させた。

夕方といえどまだ日は高い。青々とした水平線が船長室から見える。


大学で三級海技士《かいぎし》資格を取得した俺は、学内ではいわゆる「負け組」の国内フェリー会社に就職した。航海士として十数年のキャリアを積み、四十になる頃には船長としてひとつの航海を任せられるようになった。

同じ航海士になった大学の同期たちは、国際貨物の船長として世界の大海原を航海している。そういった「花形組」の友人たちは、俺の三倍以上の給与をもらい、会うたびにあそこの海溝は狭いだの、あの海域ではいまだ海賊が出るなど、俺の知らない世界の海について語る。俺は、せいぜい山口《やまぐち》・九州間の関門海峡《かんもんかいきょう》では潮の満ち引きにより潮流の向きが逆になる、という局所的な情報しか持ち合わせていないため黙っていることが多かった。

卒業した航海科は毎年四十名の学生を入学させるが、二年次までの成績により乗船実習コースと航海工学コースに二十名ずつ振り分ける。そして、乗船実習コースでしか海技士資格を取得できないため、航海士の夢を持って入学しても、成績いかんでは航海士になれない学生も多い。そのため、他の学科に比べ、真面目《まじめ》に講義を受ける友達も多かった。

その中でも、俺の成績は上の方だった。

ゆくゆくは有名商社に就職するだろう。きっと、だれもがそう見ていたと思う。

俺がフェリー会社、しかも地方企業に就職したと聞いたとき、同じ学科のやつらはみな驚いた。就職活動に失敗したと嘲笑《あざわら》う者もいた。よくよく俺があえて自分で選んだと話すと、周りはさらに混乱した。「高給取りだぞ」だとか、「海外で遊び放題だぞ」だとか、口々に周りは言ったが、ええねんと俺は笑って受け流していた。

俺にはダウン症候群のにいちゃんがいた。もともと航海士になりたい夢も、金銭的に家族を支えたいからだった。

しかし、いざ就職活動を迎えると、航海士はにいちゃんの介助に向いていないと知った。就労の拘束時間が長かったのだ。国際物流を支える国際貨物船も、一度乗り込んでしまえば、半年〜一年、日本に帰ってくることはない。そのため、にいちゃんになにかあっても、対応できないことに気がついた。

国内勤務のフェリー会社なら、いざというとき駆けつけられる。そういう理由でフェリー会社に就職したのである。

電話があったのは、出港直前のことだった。

にいちゃんが施設で倒れたらしい。

今は両親がそばにいるが、パニックを起こし「うしお」と名を呼んでいるそうだ。

就職したときは、「夕方出港して翌朝には勤務終わるから余裕やん」と家族に説明していたが見込みが甘かった。

瀬戸内海《せとないかい》を二十ノットで船は進んでいた。いつもはゆったりとした速度に浪漫《ろまん》なるものを感じていたが、今ではもどかしいばかりだ。いつもなら目の前に広がる海原の雄大さに胸が躍らされるが、今は目的地へと焦《あせ》る気持ちしかない。

海の上では電波も届きにくく、にいちゃんの状況もわからない。

大丈夫やろか。大丈夫やろか。にいちゃん、ちょっと待っててや。

ステアリングホイールを握る手にじわりと汗がにじんだ。今からでも引き返してにいちゃんのもとに向かいたい。甲板から海に飛び込んで泉大津港《いずみおおつこう》まで泳げば。そんな馬鹿《ばか》な考えが湧《わ》く。


小学生のころはにいちゃんが嫌いだった。

同じ小学校に通うにいちゃんは、きらきら学級という特別支援クラスに通っていた。

ある日、にいちゃんが廊下で大声を上げながら走り回ったことがあった。そのことをクラスメイトから馬鹿にされ、殴り合いの喧嘩《けんか》をしたことがある。にいちゃんが原因で馬鹿にされることが恥ずかしかった。

しかし、恥ずかしいと思うことが許されない家庭の空気、そんな空気こそが嫌だった。

兄に障がいがあることを受け入れなさい。そう強要され兄と一緒に登下校する。口には出さないが、小学生の俺には理不尽なことに思えた。

しかし、しかしだ。

近くに住んでいたじいちゃんの前でだけ、にいちゃんの悪口が許された。

それが俺にとって、どれだけ救いだったか。

中学になると周りも大人になり、にいちゃんを小馬鹿《こばか》にするものはいなくなった。しかし、どこか壁を感じるようになった。野球部に所属していたが、チームメイトは風邪でも部活を休めない中、「鳴海《なるみ》の家は仕方ない」と特別扱いされ、俺だけ部活を休めた。俺は、「関係ねぇよ」と、ひと言でもそんな言葉を、チームメイトから言われたかった。

次第に部活にも顔を出しづらくなり、結局、にいちゃんを理由に部活を辞めた。自分の人生はなんだろう。にいちゃんに翻弄されながら生きていくのだろうか。そんな闇《やみ》が、心を支配していたころだった。

じいちゃんが他界した。

通夜のときも、葬儀のときも、俺はずっと泣いていた。

泣くだけしか、できなかった。

しかし、にいちゃんは違った。

出棺されるとき、にいちゃんは棺《ひつぎ》に向かって叫んだのだ。

『ありがとう。うしおをいつも、ありがとう』

このとき俺は、にいちゃんが俺を見ていたことに気がついたのだ。

にいちゃんの気持ちを初めて知ることができた。

俺は自分のことばかりでにいちゃんの気持ちなんて考えたこともなかった。

そのとき、俺は決心することができたのだ。


泉大津《いずみおおつ》を出港して船は神戸《こうべ》を過ぎるころだった。

気が急《せ》くが、いくら焦っても、翌朝六時まで上陸できない。

最悪や。

操舵《そうだ》室でうな垂れているときだった。

小さく、バン、と音が聞こえた。

遠方で色とりどりの花火が打ち上がっていたのだ。

『花火っていいですよね』

ふっと、大学時代の友人の記憶がよみがえる。

彼女は、大学四年間をともにした親友の恋人だった。

冬月小春《ふゆつきこはる》。

冬月は目が見えなかった。視力を失い、病にかかってもなお、人生を謳歌《おうか》しているように見えた。そんな冬月と、親友と、早瀬《はやせ》と打ち上げ花火をしたことがある。

なぜ見えないのに花火が好きなのか、それに答えた言葉を思い出す。

『花火って、心に焼き付くものだと思うんです。

うつむいたときでも、顔を上げた想《おも》い出《で》があれば、がんばれる気がするんです。

だれかの心に焼き付くような生き方、私もしてみたいなあ』

ふと、冬月の笑顔がフラッシュバックした。

「せやな。俺も顔を上げげんといけん」

そう口にすると、すっと、不安はなくなった。

自分がやるべきことをやろう、そう冷静になることができた。

涙をぬぐい、俺は館内放送のマイクを取った。

「乗客のみなさま、おくつろぎの中失礼します。本日は神戸港花火大会が催され……」

バン、と夜空に大輪が咲き、消えていく。

神戸の街の夜景に混ざるようにして、赤、青、黄、そして橙《だいだい》――キラキラと街を染めていく。

あの日見上げた花火は、こんなに玉数は多くはなかった。

しかしあの日の花火ほど、心に焼き付いているものはない。

あのときの友人たちとは頻繁《ひんぱん》に会えなくなった。
早瀬はＮＰＯ法人を立ち上げ、なにやら世界を飛び回っているらしい。
空野《そらの》……あいつは、大丈夫なんだろうか。
最後に会った空野は、失意の中にいた。
冬月の葬儀でのことである。
自暴自棄になるわけでもなく、ただただ空元気なのがわかった。
あれからちゃんと立ち直れただろうか。
きっと大丈夫。そう信じて、今度、電話してやろう。
あいつの地元に流れる関門海峡。
その海峡の潮流がどれだけ速いか、そんなことを話してやろう。
遠くに光る花火を見ながら、そんなことを考えていた。

13. 空野かける

◎

後ろ手に組んだ医者がベッドの横に立っている。

窓辺には花が飾られていた。太い茎がすっと伸び、茎の先でいくつも白い花が咲いている。

まるで夜空に咲く花火のようだと思った。白いカーテンが揺れるたび、甘い香りがした。

また、医者が口を開いた。

覚悟はしていたつもりだった。

それでも、嗚咽《おえつ》まじりの声しか出せなかった。

「もう、いいです。もう、やめにしましょう」

「あきらめないでください、空野《そらの》さん」

医者が励ましの言葉をかけてきた。


小春《こはる》が他界してすぐ、大腸にがんが見つかった。

小春を殺した敵が自分の体に見つかったときは、絶対に打ち勝ってやると威勢よく思うことができた。

しかし、治療むなしく、肝臓に転移して、次に肺。すでにステージⅣ——末期がんと呼ばれる状態らしい。がんが見つかってからというもの、毎日が激動だった。

正直、もう疲れた。

度重なる手術に、薬の強い副作用。

つらい治療を繰り返すにつれ、だんだんと気持ちがついていかなくなってしまったのだ。

今では治療を放棄するようになってしまっている。


夜になり、花を抱えた咲良《さくら》が病室に入ってきた。

「おとうさん、なに死んだ顔しているの。天国のおかあさんに怒られるよ」

空野咲良——現在二十五歳になる、僕と小春の間に産まれたひとり娘。


大学一年のときから闘病を続けた小春は、ついに二年をかけて退院できるまでにいたった。

それは余命半年と宣言された小春にとって、奇跡に等しい回復だった。

闘病のため大学を休学したが、病気を克服後に復学し、卒業した。

そして、僕と結婚し、子宝に恵まれた。

小春は決してあきらめることをしなかった。

しかし、小春が四十五歳のときだ。

乳がんが見つかった。

ふたたび闘病生活を送ったが、三年前、僕と娘を置いて他界した。

小春からふっと力が抜けたとき、脈が止まったとき、医者から宣告を受けたとき、気を張っていたからか、死んで悲しいというよりも、ああ、もういないんだ、と力が抜けて呆然《ぼうぜん》とするような感覚だった。なかなか小春が死んだ実感が湧《わ》かなかった。

葬儀になって、愛娘《まなむすめ》の死化粧《しにげしょう》は私がすると言っていたお義母《かあ》さんが、手が震えてできないと泣き崩れたとき、ようやく小春の死と向き合えたのか、僕もその場で泣き崩れた。

もう二度と会えない喪失に、人目も気にせず泣いてしまった。

今でもたまに、もういないんだと思うと涙が出るときがある。

それだけ小春を失ったことは、耐えがたいことだった。

僕が死んでしまったら、咲良にまた、大きな悲しみを与えてしまうのだろうか。

「そうそう。そういえば、おかあさんの簞笥《たんす》から、こんなの見つかったんだけど」

それは、古びたボイスレコーダーだった。

咲良から受け取り、咲良は、「私は花を替えてくるね」と病室から出ていった。

咲良がいなくなったことを見計らって、イヤホンを耳につける。

ボロボロだったボイスレコーダーの再生ボタンを押すと無事に音が出た。

最初は、自分の声の「アンネの日記」の朗読が続いた。

正直、僕のナレーション技術はひどく、聞くにたえないものだった。

よくこんな朗読を何年も聞いていたものだ、と自分の妻ながらそんなことを考える。

そのときだった。

「かけるくんへ」

小春の声がした。

急いで戻して、最初から聞く。


「かけるくんへ。

まず、先立つ不孝をお許しください。

ごめんね。たぶん、今回は、むずかしいかな。

ちょっと早いお別れで申し訳ないけど、あまり悲しみすぎないでくださいね。

私が死んで、泣いちゃったりしていませんか。

そりゃあ、まあ、そうですね。お葬式くらいまでは泣いちゃうかもですね。

けど、ちゃんとお別れしたあとは、泣かなくていいんです。

ぜんぜん、泣かなくても大丈夫ですよ。

だって、泣くような思い出は、私にはひとつもありません。

それよりも私にしては長生きしたと、褒めてください。

あの大学一年の夏。たぶんかけるくんがいなかったら、私の命はそこで終わっていました。

それから、たくさん、私は生き長らえました。

ウエディングドレスも着れました。
新婚旅行にも行けました。
かけるくんはたくさんの場所に家族を連れていってくれました。
もちろん、それだけじゃない、楽しい思い出をたくさん与えてくれました。
かけるくんは、いい父親だったし、いい恋人でした。
なにより幸せなことは、私に咲良を与えてくれたこと。
まさかこんな体になって、ママになれるなんて思ってもいませんでした。
ありがとうございます。出会ってくれて、本当に感謝しています。
咲良に、私が七五三のときに着た着物を着せることができました。
まさか目が見えない私を参観日に連れ出してくれるとは思いませんでした。
咲良に冬月《ふゆつき》家自慢の振り袖《ふそで》を着せることができました。
まさか私がこんなに『おかあさん』をできるとは思いませんでした。
ありがとうございます。
咲良の結婚式にも、出られました。
結婚式では私もかけるくんも泣いちゃいましたね。

かけるくん？
まさかと思うけど、私に心残りがあるとか、そんなことを思っていませんか？
たしかにかけるくんと咲良を置いてこの世を去ることは、残念と言えば残念です。
ですが、十九歳の夏。
そのとき私は死んでいたんです。
それを思うと、なにを思い残すことがありますか。
しつこいかけるくんに観念して、あなたをあきらめることを、あきらめたあの日から。
人生をあきらめないと決めたあの日から。
毎日が楽しくて、楽しくて仕方なかった。
一瞬一瞬が、花火のように私の心に焼き付いています。

ああ、幸せだったな。幸せな人生だったな！
ありがとう、かけるくん。
出会ってくれて、ありがとう。私を選んでくれて、ありがとう。

かけるくん。
かけるくんは、私がいなくなって大丈夫ですか。

これからくじけそうになったとき、いっしょに見た花火を思い出してください。

私はそうして乗り越えていました。

かけるくんが見せてくれた花火を、胸に宿して、がんばってきました。


私は歩みを止めちゃうけど、遠くへ行くかけるくんを、私は信じています。

信じると、北海道の病院に行くとき、言ってくれましたよね。

もう一度、私から言います。

遠くへ行くかけるくんを、私は信じています。

顔を上げて前に進む、かけるくんを、私は信じています。

どうか。

どうか笑って、生きてください」


レコーダーにはそれ以上の言葉は入っていなかった。

収録された声に湿った雰囲気はなく、堂々として、弾んだ様子だった。かあさんが、いつか「こどもを育てると強くなる」と、そんなことを言っていたことを思い出した。

最愛の人の残滓《ざんし》をかき集めるようにして、大事にレコーダーを抱えたとき、病室のスライドドアからガラガラと音がした。

「うわ。おとうさん、なに泣いているの」

「はは、ごめんごめん」

「新しいお花、いい匂《にお》いだよ」

咲良が窓辺に花瓶《かびん》を置いて、花を整えてくれる。

「その花の花言葉、知っている？」

「はまゆうの？」

咲良は首を横に振る。

僕は、はまゆうの花言葉を口にする。

「どこか遠くへ行く、あなたを信じます」

「信じます？」

「そう。僕にも、咲良にも、心の中には小春がいて、きっとこれからもこの言葉を投げかけてくれると思うんだ」

そう思うと、前を向ける気がした。

「あれ？　おとうさん、笑ってる？」

咲良に言われて、自分が笑っていることに気づく。

「がんは笑顔から逃げていくって言うしな」

顔を上げて、進めと言ってくれた人がいる。

冬月小春。

小春は目が見えなかった。ひどい病《やまい》にも苦しめられた。

それでも人生をあきらめなかった。

よく笑う、輝かしい存在だった。

彼女のようになれるだろうか。

僕も、だれかにつなげられるだろうか。

「あ、花火」

咲良が外を指さした。

「おとうさん、花火が上がっているよ」

窓の外には、夜空に白い大輪が咲いている。

ドン、と光に遅れて、音が響いてくる。

その光を見ると、大学時代に打ち上げた、こども花火を思い出した。

「咲良」

「ん？」

「先生を呼んできてもらえないか。治療のことで相談があるんだ」

花火はまだ続いている。

光って、咲いて、だれかの心に焼き付いていく。

あんな花火のようになれるだろうか。
目をつむると小春の笑顔が浮かんだ。
僕こそ、小春と出会えてよかった。

あとがき

本作が皆様のお手元に届くまでたくさんの方にご助力いただきました。
すばらしい解像度でイラストを描いてくださったｒａｅｍｚ様。多大にお力添えいただいた担当編集の中村様。お忙しい中、ご感想をくださいました大先輩の先生と書店員様。取材にご協力いただきました東京海洋大学の方。デザイナーの方から営業の方、印刷・製本関係の方や流通関係の方。本を並べ皆様に届けてくださる書店員様、販売員様。たくさんの方に支えられて本作が皆様に届くのだと思うと、大きな感謝しかありません。本当にありがとうございます。

心に残る小説が私にもあって、そういう小説が書きたいと思っていました。登場人物のことをときどき思い出してはくすっとしたり、躓いたときに勇気をもらったり、まるで親友以上の存在が自分の深いところで生き続けているような、そんな人の心に残り続ける小説が書きたいと、ずっと思っていました。

あわよくば、今、本作を手にしている貴方様にとって、そういう小説になったらいいなと、そんなことを考えています。

志馬なにがし

〈引用文献〉
『De dagboeken van Anne Frank』Anne Frank
訳：深町眞理子「アンネの日記　完全版」（文藝春秋）

〈参考文献〉
『目の見えない人は世界をどう見ているのか』伊藤亜紗（光文社新書）
『視覚障害者へのサポート　ガイドヘルパーのための53のQ&A』谷合侑（22世紀アート）
『いっしょに走ろう』道下美里（芸術新聞社）
『目の見えない私が「真っ白な世界」で見つけたこと　全盲の世界を超ポジティブに生きる』浅井純子（KADOKAWA）

〈取材協力〉
国立大学法人　東京海洋大学

ファンレター、作品の
ご感想をお待ちしています

〈あて先〉

〒106－0032
東京都港区六本木2－4－5
SBクリエイティブ（株）
GA文庫編集部 気付

「志馬なにがし先生」係
「raemz先生」係

**本書に関するご意見・ご感想は
右の QR コードよりお寄せください。**

※アクセスの際や登録時に発生する通信費等はご負担ください。

https://ga.sbcr.jp/

透明な夜に駆ける君と、目に見えない恋をした。

発　行　　2023年8月31日　初版第一刷発行
著　者　　志馬なにがし
発行人　　小川　淳

発行所　　SBクリエイティブ株式会社
〒106−0032
東京都港区六本木2−4−5
電話　03−5549−1201
03−5549−1167（編集）

装　丁　　AFTERGLOW

印刷・製本　中央精版印刷株式会社

ISBN978-4-8156-2145-2
Printed in Japan
GA 文庫

第16回
GA文庫大賞
GA文庫では10代～20代のライトノベル読者に向けた
魅力溢れるエンターテインメント作品を募集します！
物語が、華ひらく。
イラスト／風花風花
大賞賞金300万円＋コミカライズ確約！
◆募集内容◆
広義のエンターテインメント小説（ファンタジー、ラブコメ、学園など）で、日本語で書かれた未発表のオリジナル作品を募集します。希望者全員に評価シートを送付します。
※入賞作は当社にて刊行いたします　詳しくは募集要項をご確認下さい
リニューアルで選考課程を一新!!!
応募の詳細はGA文庫公式ホームページにて
https://ga.sbcr.jp/